채봉감별곡,

달빛 아래 맺은 약속 변치 않아라

5

채봉감별곡,

달빛 아래 맺은 약속 변치 않아라

전국국어교사모임 기획 · 권순긍 글 · 이윤희 그림

Humanist

'국어시간에 고전읽기' 시리즈를 펴내며

고전을 읽어야 한다는 가르침은 어릴 때부터 귀가 따가울 만큼 들었다. 그러나 몸소 이를 따르는 사람은 흔치 않다. 종종 고전을 가까이하는 사람들이 있는데 이들은 대체로 삶을 헛되이 보내지 않고 훌륭한 일을 이루어 세상에 뚜렷한 이름을 남겼다. 고전 안에 그만큼 값진 속살이 들어 있기 때문이다.

고전이 이처럼 깊은 가치를 지녔는데 어째서 고전을 읽는 사람은 흔치 않을까? 아마도 고전이 사람을 쉽게 끌어당겨 주지 않기 때문일 것이다. 고전은 우리에게 섣불리 손짓을 하지도, 눈웃음을 치지도 않는다. 고전은 끈기를 가지고 파고들어 오는 사람에게만 마지못한 듯이 웃음을 지으며 속내를 털어놓는다. 고전은 요즘보다 훨씬 무뚝뚝하던 옛날에 이루어진 삶이며 글이기 때문이다.

그래서 우리는 청소년들이 고전을 즐겨 읽을 수 있도록 마음을 다했다. 뻣뻣하고 까칠한 고전을 달래서, 부드럽고 친절하게 청소년을 끌어당기도록 손을 쓰고 공을 들였다. 멋없이 무뚝뚝하던 고전을 정성껏 매만져서 두 팔을 활짝 벌리고 청소년들을 끌어안을 수 있도록 탈바꿈했다.

고전은 이제 온전히 겉모습을 바꾸어 청소년들을 맞이할 것이다. 자칫 속살까지 탈바꿈한 것처럼 보일지 몰라도 책을 읽다 보면 예스러운 고전의 맛과 멋을 한껏 느낄 수 있을 것이다. 우리는 무엇보다도 고전이 고전다운 속내와 뼈대를 온전하게 지니도록 하는 데 힘을 쏟았다.

고전은 시공간을 뛰어넘고, 나라와 겨레를 뛰어넘어 세상 모든 사람에게 큰 울림을 준다. 《시경》, 《탈무드》, 《오디세이아》, 셰익스피어와 괴테의 작품이 세상 모든 이에게 가르침을 주듯이, 우리의 고전도 모든 이에게 값진 가르침을 줄 것이다. 가르침이 서로 다르기는 하지만 높낮이가 있는 것은 아니다. 그러므로 세상 고전을 두루 읽어야 하는 것이나, 우리는 우리네 고전부터 읽는 것이 마땅한 차례다.

이런 뜻으로 전국국어교사모임에서 '국어시간에 고전읽기' 시리즈를 펴낸 지 십 년이 되었다. 누구나 두루 즐기며 읽을 수 있도록 쉽게 풀어 쓰고 맛깔나고 재미있는 작품으로 재창조하려고 무던히도 애썼다. 다행히도 많은 독자로부터 분에 넘치는 사랑을 받았고, 우리 고전을 가까이하고 즐기는 청소년들이 많이 늘어 고마울 따름이다.

지난 십 년처럼 묵묵하게 이 시리즈를 이어 갈 생각으로 첫 마음을 되새기며 글과 그림을 더하고 고쳐 좀 더 새로운 얼굴의 우리 고전을 세상에 다시 내놓으려 한다. 이 책을 통해 우리 청소년들이 풍성하고 가치 있는 고전의 바다에 풍덩 빠질 수 있기를 기대해 본다.

2012년 11월

전국국어교사모임

《채봉감별곡》을 읽기 전에

첫눈에 반하는 사랑을 믿나요? 첫눈에 반한 사람과 만난 바로 그날, 결혼까지 약속할 수 있을까요? 일단 결혼을 약속했다고 칩시다. 그 뒤로 무슨 이유에서인지 상대방을 전혀 만날 수 없게 됩니다. 한 1년쯤 그 사람을 만나지도 못하고 소식을 듣지도 못합니다. 그런데도 처음 만난 날의 결혼 약속을 믿고 그 사람을 기다릴 수 있나요? 게다가 부모님은 다른 사람을 만나라고 소개까지 시켜 줍니다. 그래도 소식 없는 그 사람과의 약속을 지키고 있겠습니까? 여러분은 어떻게 생각하는지 궁금하군요. 지금부터 읽을 소설이 이런 내용이기 때문입니다. 바로 이 소설의 주인공 '채봉'이 이런 상황에 처합니다.

남녀 주인공의 사랑을 다룬 소설을 '애정 소설'이라 합니다. 남녀의 사랑이 다양한 만큼 애정 소설 또한 다양한 내용을 담고 있지요. 그러나 빠지지 않고 등장하는 것이 사랑하는 연인 사이를 훼방 놓는 방해자입니다. 사랑의 종착역인 결혼에 이르기까지, 그 과정도 늘 순탄치 않습니다. 쉽게 만나서 쉽게 결혼하면 소설의 재미와 맛이 나지 않을 테니까요.

고전 소설에는 아름다운 남녀가 운명적으로 만나 첫눈에 반하는 장면이 자주 등장하지만 서로 만나고 사귀는 과정은 별로 나타나지 않습니다. 조선 시대에는 남녀가 자유롭게 만날 수 없었기 때문이지요. 자연히 두 사람의 사랑이 수난을 겪는 과정이 소설의 주된 부분을 차지합니다. 즉, 남녀 주인공의 사랑이 어떻게 방해받고 또 두 사람이 이를 어떻게 극복해 나가는가가 중요한 얘깃거리인 것이지요. 그래서 애정 소설을 읽을 때는 남녀의 사랑이 왜 방해를 받고, 어떻게 극복되는가를 유심히 살펴보아야 합니다.

《채봉감별곡》에 등장하는 애정의 방해자는 부패한 권력층에 빌붙어 벼슬

욕심에 눈이 먼 채봉의 아버지입니다. 아버지는 사랑하는 약혼자를 둔 딸을 세도가의 첩으로 주려고 합니다. 자, 채봉이는 어떻게 해야 할까요? 부모를 바꿀 수도 없고, 그렇다고 사랑을 약속해 정혼한 사람을 버리고 싶지도 않습니다. 참으로 곤란한 지경입니다. 채봉이 어떻게 이 문제를 헤쳐 나가는지, 수난을 극복하고 어떻게 사랑을 성취하는지 책장을 넘겨 봅시다.

2013년 7월

권순긍

'국어시간에 고전읽기' 시리즈를 펴내며 4
《채봉감별곡》을 읽기 전에 6

가을바람은 쓸쓸히 부는데 13
달빛 아래 아름다운 만남 30
사랑의 약속 40
돈으로 사는 벼슬 48
딸을 세도가의 첩으로 61
닭의 입이 될지언정 소의 뒤는 되지 않겠습니다 72
사랑을 위한 도주 79
나를 좀 팔아 주게 87
기생이 되어 정인을 만나니 98
평양 감사의 구원 112
애절한 사랑의 노래, 추풍감별곡 119
사랑의 약속은 변치 않아라 136

이야기 속 이야기

조선 시대의 사랑 사랑은 담을 넘어 38

기방 풍경 1 기방 규칙 좀 지키시오! 46

19세기의 매관매직 여기는 매관매직 현장입니다 68

고전 소설 속 여인들 채봉, 소설 속 여인들과 만나다 96

기방 풍경 2 기생집을 찾다 110

평양 기행 채봉이와 필성이의 평양성 데이트 142

깊이 읽기 _ 새로운 시대를 열어 가는 젊은 남녀의 사랑 146

함께 읽기 _ 채봉처럼 자신의 사랑을 이루려면? 155

참고 문헌 159

재상의 첩이야 세상에 그 같은 호강이 또 없느니라

차라리 닭의 입이 될지언정

소의 뒤 되기는 바라는 바가 아닙니다

가을바람은 쓸쓸히 부는데

어젯밤 불던 바람에 가을빛이 완연하다. 모란봉 찬바람이 단풍잎과 낙엽을 흩날려서 평양성 안으로 들여보낸다. 붉게 물드는 저녁노을을 배경으로 외로이 서쪽 창가에 기대어, 바람에 흩날리는 낙엽을 하염없이 바라보고 있는 여인은 평양성에 사는 김 진사의 딸 채봉이다.

김 진사는 평양에서 이름난 양반으로 문벌과 재산이 남부럽지 않건마는, 슬하에 자식이 없어 항상 한탄하다 뒤늦게 딸 하나를 낳아 이름을 채봉이라 했다. 채봉은 재주가 뛰어나 바느질은 물론이고 시 짓고 글씨 쓰는 것이 남보다 월등했으며, 모습은 꽃같이 아름다웠다. 김 진사 내외는 지극히 아끼는 이 딸에게 걸맞은 짝을 맺어 주려 했으나 평양 같은 시골구석에는 딸의 배필이 없다고 여겨, 김 진사가 사윗감을 구하려고 서울로 올라갔다.

채봉이 별당 안에서 홀로 아름다움을 지키니, 세월이 물 흐르듯 하여 나이가 이미 이팔청춘이었다. 창가에 매화꽃이 떨어지고, 버들가지에 꾀꼬리가 울 적마다 기쁜 소식이 늦어짐을 한탄했지만 무정한 세월은 멈출 줄을 몰랐다. 봄이 가고 여름이 지나도록 아름다운 기약은 멀어만 가고, 뜰 앞의 낙엽에 가을바람이 쓸쓸히 부니, 허전한 마음에 탄식을 금할 길이 없었다.

채봉이 서쪽으로 넘어가는 저녁 해를 바라보다가, 바람에 날리는 단풍잎을 따라 후원으로 나오면서 나직한 목소리로 몸종을 부른다.

"얘, 취향아! 후원으로 나오너라."

취향이가 뒤를 따라나서더니 동산에 올라,

"아이고! 벌써 나뭇잎이 빨갛게 물들었네. 그렇게 푸르고 신선하던 빛은 다 어디로 가고, 누가 이렇게 주황이며 다홍을 물들여 놓았을까?"

채봉이 그 말을 듣고,

"세월이 정말 빠르구나. 이 동산에 온갖 꽃이 색색으로 피어 만발하고, 버들잎 늘어질 적이 어제 같건마는, 연못가의 봄풀이 꿈을 깨기도 전에, 뜰 앞의 오동나무가 가을을 알리는구나. 인생 백 년이 잠깐이라. 금년도 벌써 복숭아꽃 피는 춘삼월 다 지나고, 찬바람이 쓸쓸히 부니 우리의 인생도 저같이 늙는구나."

취향이 대답하길,

"그러게 말씀이오. 버들가지 채찍으로 안장마 급히 몰아 진사님 떠나신 지 어제 같건만, 한여름 다 지나고 추구월이 되어도 소식조차 막연합니다그려."

이렇게 서로 탄식한다. 채봉이 떨어진 나뭇잎을 주워 들고 아름다운 얼굴에 대면서 가는 허리 저녁 바람에 날릴 듯 서 있는데, 마침 이때 서쪽 담장 터진 곳에서 나뭇가지 흔들리며 사람 소리가 들린다. 깜짝 놀라 돌아보니, 어떤 미소년이 나뭇가지를 휘어잡고 담장 안을 들여다보는데 나이는 열여덟, 열아홉가량이요, 의복이 말끔하고 얼굴이 아름다우며 풍채가 수려한지라.

채봉은 첫눈에 마음이 끌리나, 부끄러워 차마 얼굴을 들지 못하고, 취향을 앞세워 급히 초당으로 들어가 동산으로 난 문을 걸어 잠근다.

그 소년은 채봉이 취향을 데리고 급히 들어가 문 거는 것을 보고, 담 터진 곳으로 들어와 이리저리 동산을 구경한다. 아리따운 아가씨가 앉았던 자리에 가 앉아 보니 향기의 여운이 남아 있는 듯하다.

"아! 신선이 하늘로 올라가니, 버들가지 늘어진 빈 경치만 남았고, 새소리 시끄럽게 들리는데, 미인은 다시 보이지 않는구나."

- **진사**(進士) 조선 시대에 소과와 진사과에 급제한 사람을 일컫던 말.
- **문벌**(門閥) 대대로 내려오는 그 집안의 사회적 신분이나 지위.
- **연못가의~알리는구나** 중국 송(宋)나라 주희(朱喜)가 지은 〈권학가(勸學歌)〉의 두 구절 "미각지당춘초몽 계전오엽이추성(未覺池塘春草夢 階前梧葉已秋聲)"이다.
- **춘삼월**(春三月) 봄 경치가 한창 무르익는 음력 삼월.
- **안장마**(鞍裝馬) 안장을 얹은 말로, 안장말이라고도 한다.
- **추구월**(秋九月) 가을철이라는 뜻으로, 음력 구월을 이르는 말.
- **초당**(草堂) 여러 채로 된 살림집에서 주가 되는 집채에서 따로 떨어진 곳에 억새나 짚 따위로 지붕을 인 조그마한 집채.
- **신선이~않는구나** 《옹희악부(雍熙樂府)》에 유사한 시가 실려 있다. 원문은 "신선귀동천 공여양류연 지문조작훤 미인갱불견(神仙歸洞天 空餘楊柳煙 只聞鳥雀喧 美人更不見)"인데 저작자가 약간 개작한 듯하다.

하고 탄식하며 초당을 바라보다가 우연히 고개를 숙여 땅을 보니 조그만 비단 수건이 떨어져 있다. 주워서 펼쳐 보니 수건 귀퉁이에 '채봉(彩鳳)'이란 두 글자가 수놓여 있다.

'이는 분명 그 처녀의 수건이요, 채봉이 그 이름이다.'

소년은 이렇게 생각하며 그 여자의 향기를 가슴에 품고 무슨 큰 보배나 얻은 듯이 뿌듯하여 앉았던 자리로 다시 오려 하는데, 문 안에서 사람 소리가 들린다. 급히 담 터진 곳으로 도로 와서 동정을 살피니, 아까 그 처녀의 몸종이 다시 나와서 무엇을 찾는지 두리번거리며,

"이상도 해라. 방금 떨어진 수건이 어디로 갔을까?"

하고 혼잣말을 한다.

소년이 그 소리를 듣고 말이 입 밖으로 나오는 줄도 모르고 말하니,

"이미 내게 와 있는 물건을 아무리 찾아봐라, 찾을 수가 있나. 공연히 애만 쓰지."

수건을 찾던 취향이 이 말을 듣고 소년 앞으로 쪼르르 달려와 공손한 말로 수건을 달라 청한다.

"서방님이 뉘신지 모르나 지금 하시는 말씀을 들은즉, 수건을 얻으신 듯하니 얻으셨거든 내어 주시면 그 은혜 잊지 않겠습니다."

소년이 그 말을 듣고,

"이 수건이 어떤 사람의 것이냐?"

하고 물어보니 취향이 대답하길,

"우리 아가씨 것이올시다."

"너희 아가씨 물건이면 도로 줄 터이니, 아가씨더러 직접 와서 가져

가시라고 해라."

"아이고, 서방님 그 무슨 말씀이십니까? 아가씨는 규중처녀인데 어찌 외간 남자를 만나겠습니까? 농담 마시고 어서 주시옵소서."

"나는 물건 주인을 친히 보고 전해 주고자 함이다. 어찌 농담을 하겠느냐. 그런데 너는 누구냐?"

"저는 아가씨를 모시는 시비 취향이올시다."

"너희 아가씨 이름이 무엇이냐?"

취향이 방긋 웃으며,

"외간 남자가 남의 집 규수 이름을 알아 무엇하시렵니까? 천부당만부당한 말씀 마시고 수건이나 어서 주세요."

소년이 껄껄 웃고,

"얘, 취향아. 이름이라 하는 것은 남녀를 불문하여 부르라고 있는 것인데, 그렇게 천부당만부당할 것이 무엇이냐? 내가 아는 것이 있기에 묻는 말이다."

"규수의 이름은 부모가 부르자고 지은 것이지, 외간 남자가 어찌 남

• 시비(侍婢) 곁에서 시중을 드는 계집종.

의 집 규수 이름을 부르리까?"

"하하, 네 말도 그럴듯하다마는, 나는 이름을 알고야 수건을 줄 터이니 이름을 말하려거든 하고 말려거든 하지 마라."

취향이 속으로 생각하기를,

'어떠한 양반이신지 모르지만 우리 아가씨와 인물이 맞먹을 뿐 아니라, 아가씨의 이름이 수건에 있어 알고 짐짓 묻는 것이니, 말한들 무슨 상관이 있겠는가.'

하고 한번 생긋 웃으며 못 이기는 체 말을 한다.

"진정으로 알고자 하시면 말할 것이니, 수건을 돌려주시렵니까?"

"암, 주다뿐이겠느냐."

"채봉이라 하신답니다."

"허허! 채봉이라 말하기가 그렇게 어려우냐? 이 수건에도 그 글자가 있으나, 네 말을 듣고자 함이었다. 이제 수건을 주기는 줄 것이니, 거기 잠깐 섰거라. 곧 다녀오마."

"다녀오실 때 오시더라도 수건은 주고 가세요!"

"오냐, 즉시 올 터이니 잠깐만 기다려라."

하고 소년은 급히 아랫집으로 들어가 벼루에 먹을 갈더니 붓에 먹물을 듬뿍 찍어 수건에 시 한 구를 써서 취향에게 건네준다.

"나는 대동문 밖에 사는 장필성이다. 선친께서는 선천 부사로 계시

- **장필성**(張弼成) 신구서림본 〈추풍감별곡〉에는 남자 주인공 이름이 강필성(姜弼成)으로 되어 있다.
- **선친**(先親) 돌아가신 자기 아버지를 이르는 말.

다가 돌아가시고, 홀어머님 슬하에서 지금까지 장가를 못 간 것이 걱정되어 날마다 이리저리 짝을 찾고 있었다. 너희 아가씨께 말씀드리고 이 수건을 드려라. 수건을 보시면 답장이 있을 것이니, 회답을 전하여 다오. 여기 서서 기다리마."

취향이 수건을 받아 보고 짐짓 놀라,

"에그머니! 이 수건을 어떻게 갖다 드리라고 이렇게 글씨를 써서 못 쓰게 만들었습니까? 갖다 드리면 화내실 것이니 이를 어찌합니까?"

"수건을 버려도 내 잘못인데, 네가 무슨 관계가 있느냐. 갖다 드려 보아라. 뒷날 너에게 은혜를 후히 갚을 날이 있을 것이다."

취향이 마지못해 수건을 가지고 초당으로 들어간다. 이때 채봉은 수건을 찾으러 간 취향이 한참 지나도록 들어오지 아니하니 속으로 생각하기를,

'이 애가 무슨 일로 아니 들어올까? 수건을 찾느라고 이렇게 늦는가? 혹시 담 안을 엿보던 소년이 수건을 집어 들고 취향이와 실랑이를 하나? 참 이상스런 일이로군. 내가 규중처녀가 되어 외간 남자의 일을 생각함이 온당치 못하나, 남자 중에 그렇게 잘난 인물이 또 있던가? 그 인물에 글재주까지 있으면 가히 금상첨화련마는 시골에서 자라 무식할 지경이면 인물이 아깝구나.'

이렇게 여러 가지로 생각을 하는데, 취향이 손에 수건을 들고 들어오며,

"참, 세상에 희한한 일도 있지요."

채봉이 이 소리를 듣고 급한 말로,

"애, 취향아. 무슨 일이 희한
하며, 대체 무엇하느라 이제야
왔느냐?"

다른 일이 아니올시다. 수건을
아무리 찾아도 없더니, 아까 담 밖에
서 엿보던 이가 수건을 들고 서서 제가
수건 찾는 양을 보고 있더이다. 제가 달라고 해도
안 주기에 무수히 실랑이를 하다가, 수건에 글을 써 주기에 마지못해
받아 가지고 왔습니다. 아가씨께서 꾸중이나 아니하실는지요. 한데
그 양반 인물 하나는 참 잘생겼소."

하고 수건을 앞에 놓으니 채봉이 얼굴이 붉어진다. 수건을 펴 보니 그
속에 글이 적혔는데,

수건에서 아름다운 여인의 향기가 풍기니
하늘이 나에게 정다운 사람을 짝지어 줌이라.
은근한 마음으로 사랑의 노래를 보내니
신랑 각시가 되어 신방에 들기를 바라노라.

만생 장필성 근정

- **금상첨화**(錦上添花) 비단 위에 꽃을 더한다는 뜻으로, 좋은 일 위에 좋은 일이 더해짐을 비유한다.
- **만생**(晩生) 말하는 이가 선배를 상대하여 자기를 낮추어 이르는 일인칭 대명사.
- **근정**(謹呈) 물품이나 편지 따위를 삼가 드린다는 뜻이다.

이라 쓰여 있다. 채봉이 얼굴을 더욱 붉히더니 속으로 무슨 생각을 하며 눈빛을 모아 글씨를 뚫어져라 보고 있는데, 취향이 그 눈치를 알고 채봉을 쳐다보며 웃는다.

"무엇이라 글을 썼어요? 좀 일러 주세요."

채봉이 태연한 낯으로,

"읽으면 네가 알겠느냐? 그런데 수건을 못 찾았으면 그냥 오지, 왜 부질없이 이런 것을 받아 가지고 왔느냐. 남의 글을 보고 회답 안 할 수도 없고 어찌하면 좋단 말이냐?"

"아무렇게나 두어 자 적어 주세요. 그 양반이 지금 밖에 서서 기다립니다."

채봉이 마지못해 방으로 들어가 오색 편지지에 글 두 구를 지어 취향에게 주며,

"이번은 처음 겪는 일이라 마지못해 답장을 주지만 이제부터는 그런 글을 가져오지 마라."

취향이 생글생글 웃으며 받더니,

"아가씨께선 무어라고 쓰셨어요? 에그, 글을 모르니 갑갑도 해라."

채봉이 취향의 등을 탁 치며,

"이따가 밤에 일러 줄 것이니 어서 갖다 주고 오너라. 그리고 그 양반이 아랫집에서 글을 지어 가지고 나왔다니 또 그리로 들어가는지 보고 오너라."

"예, 그런데 그 양반은 김 첨사 집에 머물고 있다고 해요."

"그러면 김 첨사 집과는 어찌 되나 물어나 보아라."

취향이 대답하고 장필성 있는 곳으로 와서 채봉의 답장을 전하니,

그대에게 권하노니,
선녀를 만나는 꿈은 생각지 말고
힘써 글을 읽어 과거에 급제하소서.

하였거늘 장필성이 글을 다 읽고 속으로 깊이 감동하여 취향에게 묻는다.

"답장을 전해 주어 고맙다. 그런데 너희 아가씨가 지금 몇 살이나 되었느냐?"

"지금 열여섯이올시다."

"열여섯 된 규수로서 글공부를 어떻게 이처럼 하셨느냐?"

"우리 댁 진사님께서 알뜰히 가르치고 금이야 옥이야 기르시는 터올시다."

"지금 진사님께서는 댁에 계시느냐?"

"서울 가셨습니다."

"서울은 무슨 일로 가셨느냐?"

"자세히는 모르오나 아마 사윗감을 구하러 가신 듯합니다."

장필성이 그 말을 듣고 속으로 은근히 놀라 다시 묻는다.

"응, 그래. 너희 아가씨를 서울로 시집보낸다 하시더냐?"

"평양 바닥에는 마땅한 인물이 없다고 하시며, 서울로 올라가셨으니까 알 수 없지요. 그런데 서방님은 김 첨사 댁과 어떻게 되나요?"

"내 외가댁이다. 그건 그렇고, 내가 너에게 청할 말이 있으니 들으려느냐?"

"무슨 말씀이신지요? 들을 만하면 듣고, 못 들을 만하면 아니 듣지요."

"다름이 아니라 너희 아가씨는 아름다운 처녀이고, 나 또한 어엿한 선비다. 이보다 더한 배필이 있겠느냐. 초면에 이런 부탁하기는 어렵다마는 네가 중간에 다리를 놓아 너희 아가씨와 한번 만나게 해 주면 그 은혜는 잊지 않으마."

취향이 그 말을 듣고 속으로 무슨 생각을 하는지 아무 말 없이 서서 장필성을 쳐다본다.

"왜 대답 없이 나만 쳐다보느냐?"

"우리 댁 진사님 성품이 엄하시니, 만일 이런 일을 아시면 나는 죽습니다. 내게 그런 말씀 마시고 중매쟁이를 보내어 혼인하자고 하시는 것이 좋을 듯합니다."

"나도 그런 생각을 안 한 것은 아니다마는, 네 아가씨를 한번 만난 후에 중매쟁이를 보낼 것이니, 너는 나와 네 아가씨를 위하여 아름다운 인연을 맺게 해 줌이 어떻겠느냐?"

취향이 속으로 생각하기를,

'문벌도 비슷하고 인물도 막상막하이니 가히 좋은 짝이라. 일차로

• **막상막하**(莫上莫下) 더 낫고 더 못함의 차이가 거의 없다는 뜻이다.

시험이나 한번 해 보자.'

하고 잠시 생각하더니, 장필성의 귀에 입을 대고 무엇이라고 두어 마디를 하고는 한번 방긋 웃으며,

"그리한 후 일이 되는 것은 서방님에게 달렸사오니 후회 없도록 하세요."

"과연 그렇게 해 주면 백골난망이라. 죽어도 그 은혜 잊지 않겠다."

"그런 말씀 마시고 기회를 놓치지나 마세요."

"오냐, 나는 너만 믿고 간다."

이같이 단단히 약속을 하고 장필성은 김 첨사 집으로, 취향은 초당으로 각각 들어간다.

한편 답시를 지어 취향에게 주어 보낸 채봉은 수건을 펼쳐 놓고 장필성의 시를 여러 번 읊조리다가 자기도 모르게 소리 내어 중얼거린다.

"행동이며 말이며 글을 쓰는 것이 그만한데 무슨 일로 과거에 급제하지 못했을까? 집안이 어려워서 그런가? 적당한 혼처가 없어서 그저 있음인가? 세상에 남녀는 다를지언정 마땅한 짝을 얻지 못한 사람이 또 있구나."

하고 앉아 있는데, 취향이 초당으로 들어와 발뒤꿈치를 들고 가만가만 걸어오며 채봉의 눈치를 살핀다. 그러다가 채봉이 혼자 하는 말을 듣고 생글생글 웃으며 말한다.

• **백골난망**(白骨難忘) 죽어서 백골이 되어도 잊을 수 없다는 뜻으로, 남에게 큰 은덕을 입었을 때 고마움의 뜻으로 이르는 말.

“호호! 혼자 무슨 말씀을 그렇게 재미있게 하세요? 아가씨께서 직녀가 되시면 저는 오작교가 되어 볼까요?”

채봉이 얼굴이 붉어지며,

“아이고, 그게 무슨 소리냐? 에라 실없는 것, 듣기 싫다! 그런데 그 글을 갖다 주니까 무어라고 하시더냐?”

“시를 보더니 입이 찢어질 듯이 좋아합디다. 군자의 좋은 짝이라, 다시 더 바랄 것이 없다고 해요.”

채봉이 다시 묻지 않고 얼굴이 붉어져 황급히 방으로 들어간다.

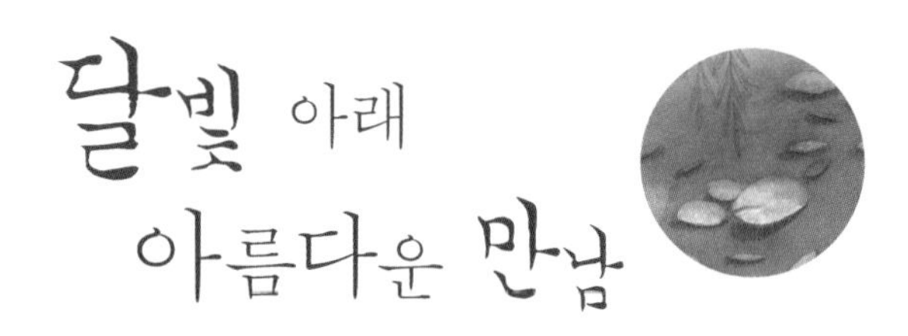

달빛 아래 아름다운 만남

취향이 장필성과 그렇게 약속을 했지만 틈을 낼 길이 없더니, 하루는 채봉과 같이 초당에 앉아 있는데, 달이 떠오르며 밝기가 대낮 같아 사람의 마음을 울적하게 한다. 취향이 채봉을 쳐다보며,

"아가씨! 달빛이 이같이 밝은데, 뒤뜰에 가서 달구경 안 하시렵니까?"

"중추명월이라 달이 참 좋구나. 후원에 가서 달구경이나 할까?"

채봉이 취향을 데리고 이리저리 거닐며 달빛을 감상한다.

이때 취향과 미리 약속한 장필성은 저녁을 일찍 먹고 담 터진 곳으로 들어와 취향의 기침 소리를 기다리고 있는 중이다. 취향이 채봉과 같이 후원으로 나오는 것을 보고 급히 몸을 감추며 취향의 동정을 살피는데, 취향이 장필성 숨은 데를 보며 기침을 두어 번 하여 나오라는

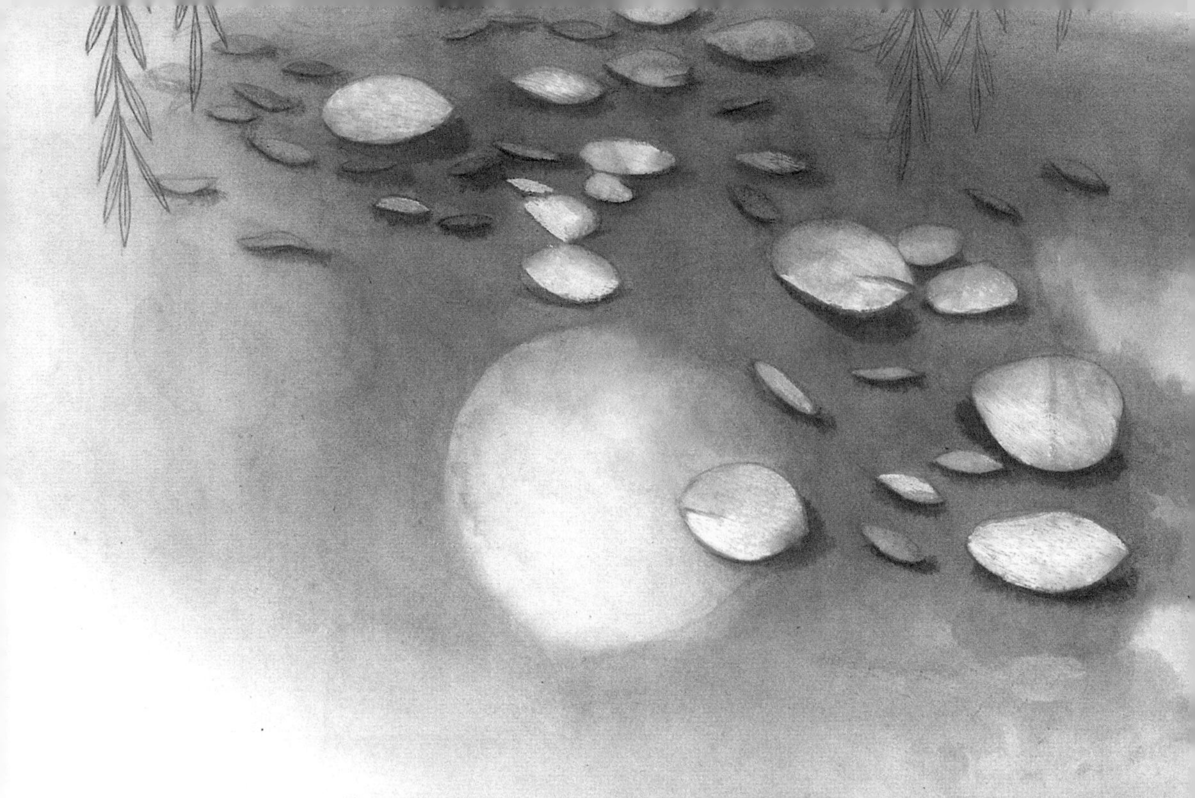

신호를 한다. 장필성이 급히 몸을 일으켜 채봉 앞으로 나와 달 아래 우뚝 서니, 채봉이 깜짝 놀라 급히 몸을 피하고자 한다. 취향이 채봉의 앞을 막아서며,

"아가씨! 놀라지 마옵소서. 이 양반은 전번에 글을 주고받았던 장 서방이올시다."

"그 양반이 무슨 일로 우리 집 후원에 들어오셨단 말이냐? 빨리 나가시라고 해라!"

취향이 미처 말할 새도 없이 장필성이 채봉 앞으로 와 공손히 말한다.

• **중추명월**(仲秋明月) 음력 팔월 보름의 밝은 달.

"소생에 대해서는 일찍이 취향에게 들으신 줄 압니다. 소생을 지금 나가라 하시나, 꽃 본 나비가 어찌 그냥 지나가며, 물 본 기러기가 어찌 어부를 두려워하겠습니까? 아가씨는 소생을 저버리지 마소서. 소생은 아가씨와 더불어 숙녀와 군자의 아름다운 인연을 맺어 부부의 맹세를 하는 것이 소원입니다."

채봉은 어찌할 바를 모른 채 아무 말 없이 얼굴만 붉어져 달빛 아래 서 있다. 취향이 채봉을 쳐다보며,

"아가씨, 저의 말을 들으세요. 삼생의 인연이 없다면 어찌 오늘과 같은 일이 있겠습니까? 전번에 수건을 잃으신 것도 우연한 일이 아니요, 또 수건을 이분이 주우신 것도 하늘의 뜻이라, 사람의 힘으로 막지 못할 것입니다. 또 이분과는 집안도 비슷하고, 아직 혼인을 하지 않으신 것도 아가씨를 만나려고 함이니, 어찌 하늘이 정해 준 인연이라 아니하겠어요? 주저하지 마시고 한 말씀 해 주시면, 백년 대사를 정할 수 있습니다."

채봉이 더욱 부끄러워 고개를 돌리고 숨소리도 없이 서 있는데 몸이 단 장필성은 마음이 급해,

"아가씨께서 이처럼 말씀을 아니하시니 소생을 더럽다 여겨 받아들이지

않으시는 것입니까? 굳이 말씀을 안 하시면 소생은 이 가련한 신세를 세상에 버리고자 하니 한마디라도 해 주옵소서."

하고 앞으로 다가서니, 채봉이 마지못하여 얼굴을 숙이고 겨우 입을 열어 모기 소리만 하게 말을 한다.

"전일 군자께서 주신 글귀도 잊지 않고 있사오며, 취향에게 들은 말도 있으니 어찌 다른 말을 하겠습니까?"

채봉의 입에서 말 떨어지는 것을 보고 취향은 반가운 생각이 나서 말을 가로막으며,

"그만하면 우리 아가씨의 뜻을 알 것이니, 서방님은 댁으로 돌아가서 중매쟁이를 보내 혼인하자고 하는 것이 좋을 듯합니다. 밤도 깊었사오니 어서 댁으로 돌아가시고, 내일 중매쟁이를 보내소서."

하며, 채봉을 데리고 초당으로 들어간다. 장필성은 정신

- **소생**(小生) 예전에, 말하는 이가 자기를 낮추어 이르던 일인칭 대명사.
- **삼생(三生)의 인연(因緣)** 전생(前生), 현생(現生), 내생(來生)을 삼생이라 하는데 이를 두고도 끊어지지 않을 깊은 인연, 즉 부부 간의 인연을 이른다. 삼생지연(三生之緣), 삼생연분(三生緣分)이라고도 한다.

없이 초당만 바라보고 서 있는데, 그 모습은 마치 마음은 채봉을 따라 초당으로 들어가고, 몸만 남은 허수아비 같다.

이때 채봉의 모친 이씨가 달빛이 밝은 것을 보고 달구경도 할 겸 딸을 보려고 초당으로 나오고 있었다. 채봉과 취향이 방 안에 없어서 이상하게 여기며 후원으로 가는데, 바람을 타고 남자의 목소리가 들린다. 어찌 된 영문인지 몰라 나서지 못하고 몸을 감추고 엿들으니, 채봉이 취향을 데리고 어떤 남자와 수작하는 말이 귀에 분명히 들린다.

나서지 못하고 눈을 비비며 그 남자를 보니, 백옥 같은 풍채로 달 아래 서 있는 모습이 가히 한 쌍의 원앙이라. 몰래 수작하는 이야기를 듣다가, 취향이 장필성과 작별하고 채봉과 같이 돌아오는 것을 보고 급히 초당 마루에 올라가 앉으니, 뒤이어 채봉과 취향이 들어온다. 이씨 부인이 시치미를 떼고 묻는다.

"아가, 어디를 갔다가 이렇게 늦게 오느냐?"

채봉은 부끄러워서 미처 대답을 못하고 취향이 대신 대답을 한다.

"달이 하도 밝기에 후원에서 놀다가 이제야 옵니다."

"어린아이들이 무섭지도 않느냐? 요즘 들으니 후원 담 터진 데 사람의 발자취가 있다고 하던데 다시는 밤중에 나가지 말아라. 지금 후원에서 남자 목소리가 언뜻 들리던데 누가 들어왔었느냐?"

채봉은 천만뜻밖에 이 말을 듣고 감히 고개를 들지 못하고, 취향은 기절할 정도로 놀라서 즉시 대답을 못하고 서 있다. 부인이 이 모양을 보고 화를 내며 다그친다.

"왜 대답이 없느냐? 남자와 더불어 말을 하고 있기에, 어떤 남자가 들어온 것을 야단쳐서 보내는 줄 알았더니, 지금 너희들의 모양을 보니 무슨 사정이 있구나. 이 일을 바른대로 실토하면 내가 먼저 조처하고 진사님께 좋게 말씀드리겠지만, 만일 거짓말을 하면 진사님께 여쭈어 그냥 두지 않겠으니 이실직고해라. 취향아! 너는 사정을 자세히 알 테니 거짓말을 하면 너부터 죄를 묻겠다."

채봉은 더욱 어찌할 바를 모르고, 취향은 속으로 생각하기를,

'부인의 말씀이 이 같으니, 부인을 속일 수도 없을 뿐 아니라 바로 말씀드려 큰일 없도록 하는 것이 도리어 좋지 않은가?'

하고 부인 앞에 가 앉으며,

"마님께서 이같이 물으시니 어찌 속이겠습니까? 이는 다 소인의 죄이오니 만 번 죽어도 할 말이 없습니다."

부인이 그 말을 들으니 더욱 수상하여,

"그래, 네가 죄를 지었다면 사정이 어떻게 되었단 말이냐?"

취향은 전에 채봉을 따라 후원에 단풍 구경 갔다가 채봉의 수건을 잃고 찾으러 나갔던 일과 수건이 뜻밖에 장필성에게 들어가 글귀를 주고받은 일이며, 오늘 밤에 달구경 갔다가 그 남자와 얘기 나눈 일을 다 말하고, 입에 침이 마르도록 장필성의 인물을 칭찬한다.

"아이고, 그 양반 참 옥같이 빼어난 인물입니다. 평양 땅에서는 처음 보는 인물이니 아가씨의 배필로 부끄럽지 아니합니다."

• **이실직고(以實直告)** 사실 그대로 고하는 것을 뜻한다.

부인이 이 말을 듣고 한참 앉아서 생각하더니,

"이 일을 진사님이 아시면 큰일 나겠구나. 어떻게 무사히 해결한단 말이냐?"

"그야말로 천생연분 아닙니까? 이왕에 이렇게 된 일을 걱정하면 무엇하십니까? 마님께서 무사히 처리하시면 어려울 것이 없지요."

"어떻게 하면 좋겠느냐?"

취향이 부인의 귀에 입을 대고 채봉이 듣지 않게 무어라 무어라 말을 하더니,

"그렇게 하면 이런 사정을 누가 알며, 일은 얼마나 잘되겠습니까?"

"네 말도 그럴듯하다마는 장씨의 문벌이 어떠하더냐?"

"한번 청해서 물으면 아실 것이지만, 전 선천 부사 자제이고, 외가 댁은 김 첨사 댁이라 하시니, 이 집안과 혼인하기에 걸맞지 아니합니까?"

"혼인이라는 것은 사람이 제 맘대로 못하는 것이다. 만약 인연이 없으면 한집에 있어도 지극히 멀리 있는 것과 같고, 인연이 있으면 수만 리 밖에 각각 있어도 자연 만나게 되니, 어찌 사람의 힘으로 되겠느냐? 일이 이와 같이 되어 버렸으니, 네 말대로 혼인을 주선하겠지만, 대관절 장씨의 글씨가 어디 있느냐?"

취향이 장을 열고 수건을 내어 보이니, 부인이 보기에도 글재주가 있는지라, 장필성의 글씨를 보고 구절마다 칭찬하며 채봉을 돌아본다.

"아가, 네 마음을 내가 이제는 짐작했으니 다시 더 말할 것도 없지만, 한 가지 걱정은 남는구나. 네 부친께서 혼사를 맺으러 서울로 올

라가셨는데, 만일 혼인을 정하고 내려오시면 어찌한단 말이냐?"

취향이 깔깔 웃으며,

"아이고 마님, 별 걱정을 다 하십니다. 아무리 정하고 내려오실지라도 예단을 받았답니까? 거절하기가 무엇이 어려워서 걱정을 하십니까?"

"오냐, 비록 예단을 받으셨더라도 혼사를 깨뜨릴 수밖에 없겠다."

부인은 밤늦도록 취향과 이같이 의논하고 안으로 들어간다.

조선 시대의 사랑

사랑은 담을 넘어

조선 시대는 유교 윤리에 따라 남녀 구별이 엄격했기 때문에, 자유연애를 허락하지 않았습니다. 그렇다고 사람들이 사랑을 하지 않았을까요? 사랑은 담을 넘어 몰래몰래 이루어집니다.

남녀칠세부동석

> 어느 날 이 선비는 국학으로 가는 길에 수양버들 그늘에 앉아 잠시 쉬는데 문득 담 안쪽이 궁금해졌다. 그는 고개를 길게 빼고 담을 넘겨다보았다. 담 안쪽으로는 온갖 꽃이 활짝 피어 있었고, 벌과 나비 들이 꽃 사이를 신이 나서 날아다니고 있었다. 꽃과 나무 들 사이로 아담한 누각이 한 채 자리 잡고 있었고, 누각에는 구슬로 만든 발과 비단 휘장이 드리워 있었다. 이 선비는 "하, 참 곱기도 하다." 라고 자신도 모르게 나직하게 중얼거렸다. 그가 본 것은 드리워진 발 너머로 다소곳이 앉아 수를 놓고 있는 한 여인의 모습이었다.

이 이야기는 김시습이 쓴 〈이생규장전〉의 첫 부분입니다. 주인공이 아리따운 아가씨를 보고 첫눈에 반하는 대목이지요. 그 뒤로 소년은 아가씨가 내어 준 긴 끈을 잡고 담을 넘어 들어가서 몰래 데이트를 즐겼다고 합니다. 조선 시대의 사람들이 어떻게 연애를 했는지 조금은 그려지지요? 조선 시대는 '남녀칠세부동석'이라고 해서 남녀가 자유롭게 만나서 교제하지 못했습니다. 남녀가 만나려면 이렇게 담을 넘는 수밖에 없었지요.

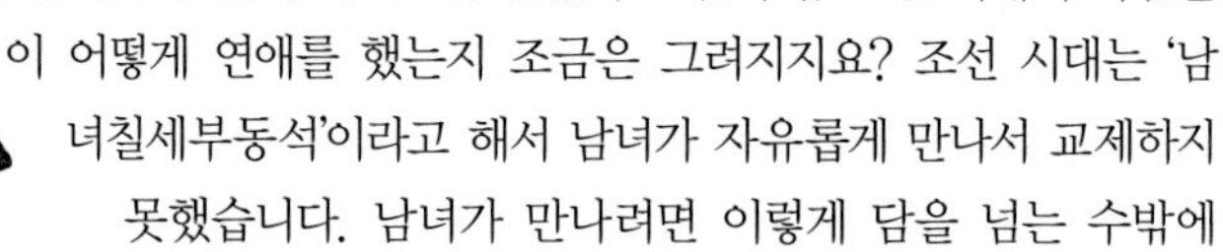

조선 시대 주택은 부인들이 거처하는 내부 공간이 가장 안쪽에 자리하고, 외부 공간은 사랑채, 별당, 행랑채 등으로 이루어졌다. 〈평생도〉, 국립중앙박물관 소장.

여성을 꼭꼭 숨긴 가옥 구조

이러한 남녀 구별은 조선 시대의 가옥 구조에서도 잘 드러납니다. 한 가정 안에서도 남자가 생활하는 사랑채, 여자가 생활하는 안채로 서로 분리되어 있었으며, 여자들이 거처하는 안채는 대문과 중문을 거쳐야 들어갈 수 있는 집의 가장 안쪽에 감추어져 있었습니다. 심지어는 안채로 향하는 중문이 열려서 안이 들여다보일까 봐 중문 안쪽에 내외담이라는 것을 치기도 했다고 합니다. 그러니까 밖에서 길을 가던 총각이 안뜰에서 산책하고 있는 처녀를 훔쳐보는 일도 그리 쉽지는 않았을 것입니다.

허물어진 담을 통해 들어온 장필성이 안뜰에서 채봉과 만나는 일은 무척이나 가슴 졸이는 일이었을 것입니다. 허물어진 담은 보호막에 뚫린 구멍처럼 조선 시대의 유교적인 남녀 구별이 약화된 틈을 상징합니다. 혹은 아무리 견고한 사회의 벽이 있어도 청춘남녀의 사랑을 가로막을 수 없음을 보여 주고 있는 것이 아닐까요?

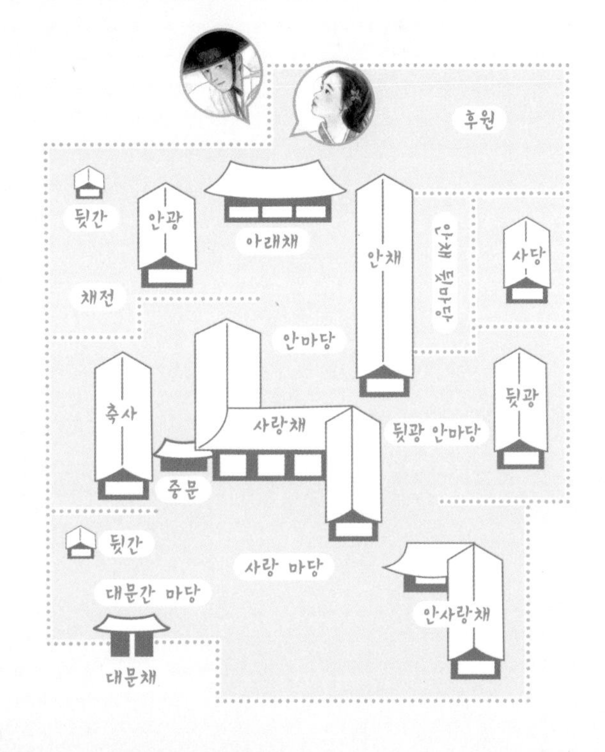

사랑의 약속

장필성은 채봉을 만나 몰래 부부가 되기로 약속한 그날 밤에 집으로 돌아와 어머니 최씨에게 말한다.

"어머님, 옛글에 '나라가 어지러울 때 훌륭한 재상이 생각나고, 가정이 어려울 때 어진 아내가 생각난다.' 했는데, 제 나이 열여덟이 되었는데도 어머님 모실 처자가 없고 집안 형편은 점점 어려워지니, 어찌 민망하지 않겠습니까? 듣자니 성 밖의 김 진사 집 규수가 현숙하다 하니 중매쟁이를 보내 혼인 의사를 물어보옵소서."

"네 나이 열여덟이라, 그런 생각이 왜 없겠느냐마는 김 진사 집과 문벌은 비슷해도, 사는 형편이 너무 차이가 나니 우리와 기꺼이 혼인하자고 하겠느냐?"

"일을 꾀하는 것은 사람에게 있고, 일이 이루어지는 것은 하늘에 있다고 했습니다. 일이 되는 것이야 하늘의 뜻이지만 결혼하자고 청하지 못할 거야 없지 않습니까?"

"결혼하자고 청해 보긴 하겠지만 들을지 몰라서 하는 말이다."

이튿날 최 부인은 결혼 의사를 묻고자 중매쟁이를 김 진사 집으로 보냈다. 이때 이 부인은 혼자 앉아서 채봉의 혼사를 생각하며 온갖 걱정을 하고 있는데, 밖에서 중매쟁이가 들어오며 인사를 한다.

"마님, 안녕하십니까?"

"오, 중매 할멈 오나. 요즘은 자주 볼 수 없으니 아마 재미가 좋은 모양이지. 오늘은 무슨 바람이 불어서 왔나?"

중매 할멈이 방으로 들어와 앉으며,

"좋은 신랑감이 하나 있기에 왔습니다."

"어떤 신랑감이란 말인가?"

"대동문 밖에 사는 전 선천 부사의 아드님인데, 인물은 반악 같고 풍채는 두목 같으며, 문장은 이태백같이 청산유수며 글씨는 왕우군

- **나라가~생각난다** 사마광(司馬光)이 쓴 《자치통감(資治通鑑)》에 나오는 말. 원문은 "국난사양상 가빈사현처(國難思良相 家貧思賢妻)"이다.
- **일을~있다** 나관중(羅貫中)의 《삼국지연의(三國志演義)》에 나오는 말. 원문은 "모사재인 성사재천(謨事在人 成事在天)"이다.
- **반악**(潘岳, 247~300) 중국 남조 시대 하남성 사람. 자는 안인(安仁)이며 성격이 낭만적인 데다 외모가 뛰어나서 그의 수레는 늘 여인들이 던진 과일로 가득 찼다고 한다.
- **두목**(杜牧, 803~852) 중국 당나라 말기의 시인. 자는 목지(牧之)이며 호는 번천(樊川), 두보와 비교하여 소두(小杜)로 일컫는다. 성격이 호방하고 풍채가 준수하며 술을 좋아해 기녀들을 노래한 작품이 많다.
- **왕우군**(王右軍, 307~365) 왕희지(王羲之). 중국 진(晋)나라의 서예가. 자는 일소(逸小)이며 우군장군(右軍將軍)을 지내 '왕우군'으로도 불린다. 해서, 행서, 초서의 삼체를 예술적으로 끌어올려 서성(書聖)이라 불린다.

갈사오니, 이 댁 아가씨와 좋은 짝이 될 것입니다. 제가 수십 년을 돌아다녔지만, 평생 처음 보는 뛰어난 사람이기에 드리는 말씀입니다. 이 댁과 혼인을 맺으면 제가 생색이 날 듯합니다."

"나도 일찍이 그 신랑감이 뛰어나다는 말을 들었기에 내가 한번 친히 보고자 하네. 언제 우리 집으로 데리고 오게."

"그리하십시오. 내일 신랑감을 모시고 오겠습니다."

중매 할멈이 장필성의 집으로 와서 이 말을 전하니, 최 부인은 의외로 반응이 좋음을 보고 기쁨을 감추지 못한다. 이튿날 장필성을 김 진사 집으로 보낼 때, 의복 한 벌을 새로 입히니 가히 선풍도골이라. 그 잘생긴 모습을 어찌 글로 묘사하겠는가.

장필성이 중매 할멈을 따라 김 진사 집에 오니, 이 부인이 안방을 깨끗이 치워 놓고 들어오길 청한다. 장필성이 중매 할멈을 따라 들어가 이 부인께 절하여 뵌다. 이 부인이 반쯤 답례하고 앉으라 한 후 자세히 보니, 보던 바 처음 보는 훌륭한 인물이라. 기쁨을 이기지 못하여,

"이보게, 내가 그대를 무슨 까닭으로 청한지 알겠나? 오늘 그대를 보니 기쁜 마음을 헤아릴 수 없네. 우리 내외 쉰 살에 자식이라고는 딸 하나뿐이네. 배운 것이 아무것도 없어 철이 한량없이 없는데, 자네 모친께서 헛소문을 들으시고 혼인을 하자 하시니, 감히 거역치 못하겠네. 우선 사주단자나 걸어 놓은 후, 진사님께서 돌아오시거든 혼례를

- **선풍도골(仙風道骨)** 신선의 풍채와 도인의 골격이란 뜻으로, 남달리 뛰어나고 우아한 풍채를 이르는 말.
- **사주단자(四柱單子)** 혼인이 정해진 뒤 신랑 집에서 신부 집으로 신랑의 사주를 적어서 보내는 종이.

올릴 터이니, 그리 알고 자네 모친께 말씀 여쭙게."
하고 웃는 얼굴로 수건 하나를 내어 보이며,
"그대가 글공부를 많이 했다 하니, 이 글을 누가 지은 것인지 짐작하겠나?"
장필성이 고개를 들어 보니 그 글은 바로 자기가 채봉에게 지어 보낸 것이었다. 속으로 일이 벌써 탄로가 나서 이같이 됐구나 생각하고, 도리어 잘됐다고 여겨 공손히 대답한다.
"어찌 모르리이까. 존귀한 집안을 더럽혔으니 죽을죄를 졌습니다."
"내가 이런 것을 다 알았으니, 어찌 다른 생각이 있겠나. 안심하고 공부에나 힘을 써 대장부 할 일을 잊지 말게."
"삼가 분부대로 하겠나이다."
장필성이 부인께 하직하고 돌아가니, 취향이 마침 안으로 들어왔다가 장필성과 부인 이야기를 엿듣고는 급히 초당에 나가 채봉을 보고,
"아가씨! 아가씨! 서방님이 지금 안에 오셔서 마님과 이야기를 하시는데, 모든 일이 잘됐습니다. 아가씨, 얼마나 기쁘시오?"
하고 문틈으로 장필성이 나가는 모양을 가리키면서,
"아가씨, 저 보소. 저이가 신랑으로 결정되었다오. 저 양반 처가 다녀가는 거동이나 좀 보소!"
하며 제 혼인하는 것보다 더 좋아하고 채봉은 말없이 기뻐할 뿐이다.

謹封
謹封

기방 풍경 1

기방 규칙 좀 지키시오!

조선 시대 기방을 출입하는 데는 허다하게 복잡한 관습이 있었습니다. 이런 관습에 익숙하지 않으면 기방 출입을 하기가 어려웠을 뿐만 아니라 사소한 시비로 인해 주먹이 난무했지요. 자, 우리도 기방에 들어가기 전에 우선 기방 규칙을 꼼꼼히 알아볼까요?

기방에 들어오려면 암호를 대시오

기방을 찾을 때는 다음과 같은 이야기가 오가는데, 이 규칙을 모르면 기방에 출입할 수가 없었습니다. 처음 들어가는 사람이 "들어가자."라고 하면, 먼저 와 있던 사람은 들어오라는 뜻으로 "두루."라고 합니다. 만약 그 자리에 하인이 있다면 "두룹시오."라고 말하며 손님을 맞습니다. 그러면 들어가는 사람이 "평안호?" 하고 먼저 와 있던 사람에게 인사를 하고, 그다음으로 기생에게 "무사한가?" 하고 인사합니다. 그러면 기생은 "평안합시오?"라고 답합니다.

기생의 노래를 들으려면 동의를 얻으시오

기방에서는 어떻게 놀까요? 술을 마시고 기생의 노래를 듣는데, 여기에도 까다로운 규칙이 있답니다. 기생에게 노래를 시킬 때는 반드시 합석한 사람들의 동의를 얻어야 하는데, "좌중에 통할 말 있소."라고 운을 떼는 것이 원칙입니다. 이렇게 다른 사람에게 의견을 묻는 것은 시비가 일어날까 두렵기 때문이었습니다.

자리를 차지하려면
기 싸움을 해야 하오

논다 하는 건달들은 지방마다 독특한 기방 출입 격식을 세워 놓고 신출내기나 애송이들이 함부로 들어오지 못하도록 텃세를 부렸습니다. 기방에 먼저 와 있던 사람은 처음 찾아온 낯선 사람에게 시비 걸기가 일쑤입니다. 그래서 기방에서는 기 싸움이 중요했습니다. 뒤에 들어선 사람이 힘세 보이거나, 지위가 높은 사람이라면 시비가 되지 않습니다. 이런 사람이 기방에 들어서면, "평안호?", "무사한가?"를 연발한 뒤 먼저 와 앉아 있는 사람들에게 "자리 좀 좁시다."라고 말합니다. 자리를 좀 좁혀 앉아서 내가 앉을 공간을 내놓으라는 말입니다. 이때 기가 꺾인 사람들은 슬그머니 자리를 뜹니다.

기생 제도의 빛과 그림자

기생은 양반과 함께 높은 문화생활을 즐길 수 있었지만, 어디까지나 남성들의 유흥을 위한 수단인 이른바 '사치 노예'의 굴레에서 벗어날 수 없었습니다. 게다가 오입쟁이들은 실수를 한 기생을 가혹하게 처벌하기도 했는데, 치마와 버선을 벗기고 큰길 밖으로 쫓아내거나, 기방의 가구를 모조리 부수기도 했다고 합니다. 조선 시대에는 이러한 기생 제도를 없애야 한다는 논쟁이 여러 번 벌어졌고 중종 때 잠시 기생 제도가 없어지기도 했지만 완전히 폐지되지는 못했습니다.

돈으로 사는 벼슬

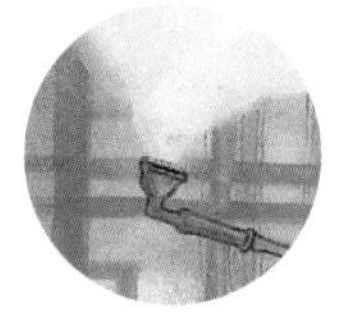

평양성 밖에서는 좋은 혼처를 정한 모녀가 이같이 기뻐하며, 김 진사 돌아오기를 하루가 삼 년같이 기다리는데, 서울 간 김 진사는 어찌하여 돌아올 기약이 막연하던고.

처음에 김 진사는 사위도 구하고 벼슬자리도 얻을 겸 하여 많은 재산을 가지고 서울로 올라갔다. 그러고는 남북촌 재상들 중에서 권세가 높은 집안을 찾았는데, 당시 허씨가 장안 제일의 세도가로 조정 중신 중 따르지 않는 자가 없었다. 김 진사가 이 소문을 듣고 허씨 집과 가까운 문객 하나를 사귀니, 바로 김양주라는 인물이다.

이 위인은 아첨 잘하는 소인배로, 허씨에게 제일 가까이 달라붙어서 양주 목사까지 얻어 하고, 벼슬 사고파는 데 일등 거간인 사람이다. 김양주는 김 진사가 거액의 재산을 가지고 벼슬을 얻으러 올라왔단 말을 듣고, 돈줄이나 잡은 듯 친절하게 대하며, 평양으로 몰래 사람을 보내 김 진사의 재산을 알아보았다.

"옳다! 운수가 대통이라고 하더니 금맥을 하나 잡았구나!"

김양주가 하루는 김 진사에게 친절한 척 대하며,

"여보 종씨, 서울 올라온 지가 한 달이 되어도 좋은 소식은 없고 돈만 축내니, 남의 일 같지 않고 딱하구려."

"돈 쓰는 거야 관계없소마는 영감 애쓰는 것을 보니 미안하오."

"원, 천만의 말씀이오. 그런데 좋은 자리가 하나 있으니 해보려우?"

"무엇이오?"

"종씨가 아직 진사로 있으니, 우선 출륙은 해야 하지 않겠소."

"그렇지요."

"우선 돈 천 냥만 주시오. 건원릉 정자각 수리별단이란 벼슬을 하시게 하리다."

김 진사, 벼슬한다는 말에 입이 벌어져 종로 백목전의 어음표를 얼른 내어 준다.

"일단 벼슬을 하기 시작하면 고을의 수령 하기는 쉽겠지요?"

- **문객**(門客) 세력 있는 집에 머물면서 밥을 얻어먹고 지내는 사람. 또는 덕을 볼까 하고 수시로 그 집에 드나드는 사람.
- **거간**(居間) 사고파는 사람 사이에서 흥정을 붙이는 이를 말하며 거간꾼이라고도 한다.
- **종씨**(宗氏) 같은 성으로서 촌수를 따질 정도가 못 되는 사람들 사이에서 서로 부르는 말.
- **출륙**(出六) 조선 시대에 참외(參外) 품위에서 육품의 지위로 오르던 일. 본격적인 벼슬길의 시작을 뜻한다.
- **백목전**(白木廛) 무명을 팔던 가게인 '면포전'을 달리 이르는 말. 한때 은을 겸하여 팔아 은목전이라고도 했다.

"그렇고 말고. 벼슬이라는 것이 순서가 있어서, 수령을 하려면 낮은 벼슬이라도 해야 하지요. 그렇지 않으면 세월이 아무리 지나도 할 수가 없고."

"저야 시골 사람이라 뭘 압니까? 그저 영감 하시기에 달렸지요."

"염려 마시오. 내가 다 알아서 할 터이니, 돈이나 잘 대시오."

"예, 주선만 잘해 주시오."

"돈이 얼마나 되오? 허 판서 욕심에 여간 돈 가지고는 어려운데."

"돈이야 가지고 온 것이 한 오천 냥 되지요."

"그것 가지고 되겠소? 적어도 만 냥은 가져야 작은 고을 현감이라도 얻을 것이오."

"그러면 표라도 해 놓고 내려가서 치르리다."

"그야 관계없소. 어찌하든지 사흘 안에 임금께서 내리신 칙지를 갖다 드릴 것이니, 한턱 내시오."

"한턱뿐이오? 사실이

그러면 두 턱이라도 내겠소."

이같이 단단히 서로 약속하고, 김 진사는 돈 구할 것을 생각하느라 잠을 자지 못하고 김양주 오기만 고대한다. 하루는 김양주가 분발과 벼슬 칙지를 갖다 주며 헛생색을 낸다.

"종씨! 이번 벼슬자리는 만 냥이라도 헐값이오. 그런데 칙지는 임금께서 내리는 것이라 함부로 받을 수 없고, 사모관대를 갖추고 북향 사배한 후 깨끗한 소반에 받아야 하오."

"사모관대가 있어야지요?"

"참, 없겠구려. 가만히 계시오. 우리 집에 있으니 가져 오라 합시다." 하고, 하인을 시켜 갖다 입힌다. 김 진사 북향 사배 후 칙지를 받고, 김양주에게 사례한다.

"영감이 아니었으면 어찌 오늘 같은 은혜를 입사오리까?"

"나야 심부름만 할 따름이지, 무슨 힘이 있소. 모든 것이 다 허 판서 대감의 힘이지요. 그런데 칙지 가져온 사람에게 예단으로 옷감 몇 필만 주시오. 으레 그렇게 주는 것이오."

- **칙지(勅旨)** 임금이 내린 명령. 칙명(勅命).
- **분발(分撥)** 조선 시대에 승정원의 관보인 《조보(朝報)》를 발행하기 전에 긴요한 사항을 먼저 베껴 두는 것. 여기서는 김 진사의 인사 명령 사항을 말한다.
- **헛생색** 해 준 일도 없이 부리는 생색.
- **사모관대(紗帽冠帶)** 본디 벼슬아치의 복장으로 초기에는 당상관만 입었으나 이후 당하관도 입을 수 있었다. 사모관대는 평민들의 혼례복으로도 이용되었는데, 혼인을 인륜지대사로 특별히 배려했기 때문이다.
- **북향 사배(北向四拜)** 북쪽을 향해 네 번 절을 올리는 일. 임금이 남쪽을 향해 앉아 있기 때문에 임금을 우러르거나 임금의 지시를 받을 때는 북쪽을 향하게 되는 데서 유래한다.

"영감이 말씀하지 않으셨더라면 실례할 뻔했소."
하고 명주 한 필과 백목 한 필을 주어 보낸다. 또 하인을 보내 좋은 탕건을 사 오게 한 후에, 옷을 새로 말쑥하게 차려입고 나선다. 김양주가 그런 김 진사를 쳐다보며,

"허허, 참 훌륭한 참봉 나으리로구려."
하니 김 진사는 기분이 좋아져 김양주를 보고,

"영감! 벼슬 턱을 아니 낼 수 없는즉, 어디 가서 소리나 한마디 듣고 술이나 한잔 드십시다."

김양주는 속으로

'돈 백 냥쯤 인정을 쓸 줄 알았더니, 술로 때우려는구나.'
하고 심사가 꼬인다. 그러나 빈말로,

"종씨! 천만의 말씀이오. 한턱이 다 무엇이오. 전번에 실없는 말을 한 것인데, 정말로 들으셨소?"

"정말이든 실없는 말이든 가십시다. 내가 서울 온 후 기생집이라곤 구경을 못했으니, 구경 좀 시켜 주시구려."

"그리하시오. 그거야 어렵지 않소. 나는 종씨가 돈을 너무 많이 쓰실까 봐 그러는 것이오."

"그토록 생각해 주시니, 어찌할 바를 모르겠소. 하여간에 갑시다."

"정 가시고 싶거든 갑시다."

"어떤 집이 좋소?"

"산홍이도 좋고, 옥희도 좋고, 난홍이도 좋지요. 어디로 가시려오?"

"그중에 노래를 제일 잘 부르는 기생에게 갑시다."

"오궁골 난홍이 집으로 갑시다."

둘이 오궁골로 가서 김 진사 뒤에 서고, 김양주는 대문에서 부른다.

"이리 오너라! 이리 오너라!"

안에서 어떤 사람이 대답한다.

"기생은 놀이 가고 없소."

김양주가 이 소리를 듣고 김 진사를 돌아보며,

"여보 김 참봉, 우리가 난홍이와 인연이 없나 보오. 남문동 산홍이 집으로 갑시다."

김 진사는 절에 간 색시처럼 졸졸 김양주를 따라간다. 김양주가 남문으로 들어가더니 어느 집 대문에 서서,

"이리 오너라. 이리 오너라!"

하고 외치니 오궁골에서처럼 안에서 대답을 한다.

"들어오시오!"

김양주가 김 진사를 돌아보며,

"산홍이는 있나 보오. 들어갑시다."

하고 안으로 들어가니, 방 안이 터지도록 사람이 둘러앉았고 기생 산홍이는 아랫목에 앉았다. 김양주가 방으로 들어서며,

"평안하오? 별일 없으신가?"

하니, 기생이 일어서며,

• **참봉(參奉)** 조선 시대에, 여러 관아에 둔 종구품 벼슬.

• **인정(人情)** 벼슬아치들에게 은근히 주던 선물. 일종의 뇌물.

"평안하시오."

앉았던 사람들도 일제히,

"네, 평안하오!"

하고 대답한다. 김양주가 좌우를 돌아보며,

"자리 좀 좁시다."

한다. 여럿이 기름 짜듯 조금씩 조금씩 좁히니, 두 사람 앉을 자리가 생긴다. 김양주와 김 진사는 빈자리에 들어가 앉는다. 김양주가 담배를 뻑뻑 빨아 연기를 내뿜으니, 용문산 안개 끼듯 천장이 보이지 않을 정도로 연기가 자욱하여 사람들의 골머리를 때릴 지경이다. 좌우에 앉았던 사람들이 흘끔흘끔 눈치를 보며 하나둘씩 나간다. 만일 만만

한 사람이 이같이 했으면,

"이게 무슨 짓이냐! 너 같은 오입쟁이는 처음 본다. 어서 썩 나가거라!" 하겠지만, 김양주는 당시 허 판서의 심복으로 도처에 세력이 깔려 있어 모두들 아무 말도 못하고 나간다. 나중에는 주인 기생과 김양주, 김 진사 세 사람만 남았다. 김양주가 껄껄 웃으며,

"허허, 그 오입쟁이들이 우리가 오니까 왜 모두들 달아나나?"

산홍이가 생글생글 웃으며,

- **오입쟁이** 오입질하는 사람을 낮잡아 이르는 말. 오입이란 아내가 아닌 다른 여자와 관계를 가지는 일을 뜻한다.
- **심복**(心腹) 마음 놓고 부리거나 일을 맡길 수 있는 사람.

"새 손님이 오면 묵은 손님은 나가는 것 아니겠습니까?"

"가히 오입쟁이 문자로구나. 산홍아, 우선 상이나 차려 오라 일러라."

산홍이가 미닫이를 열고 내다보며,

"이리 좀 오오!"

하고 부르니, 의복은 이몽룡 어사 출두하던 때같이 허름하게 입고, 이마에는 망건 자리가 없이 머리는 수양버들같이 귀 뒤로 축 늘어졌고, 얼굴은 아편쟁이같이 누렇게 뜬 위인이 건넌방에서 툭 튀어나온다.

"어서 가서 약주 좀 차려 오오."

그자가 뒤축도 없는 미투리를 찍찍 끌고 밖으로 나가더니 얼마 만에 술상을 차려 놓는다.

산홍이가 주전자를 들고 잔에 술을 가득 부어 김양주를 쳐다보며,

"영감, 잔 받으시옵소서."

"어떻게 먹으란 말이냐?"

"어떻게 잡숫다니요? 다 아시면서……."

"얘, 나도 마실 줄은 안다마는 너희 집에 와서 술을 먹을 때는 가곡 한 가락 듣자는 거 아니냐."

산홍이가 이 말 저 말 없이 잔을 들고, 노래를 시작한다.

잡수시오. 잡수시오. 이 술 한 잔 잡수시오.
이 술은 술이 아니라 한무제 승로반에 이슬 받은 것이오니,
이 술 한 잔 잡수시면 천년 만년 사오리다.

김양주가 술을 받아 마신 후에 또 한 잔 가득 부어 김 진사에게 권하자 산홍이가,

"먼저 권주가를 했으니 지금은 다른 것으로 하겠어요."

"네 마음대로 해라."

산홍이가 잔을 들며,

창밖에 국화를 심어 국화 밑에 술을 빚어 두니,
술 익자 국화 피고 벗님 오자 달이 돋아 온다.
아해야, 거문고 내어 줄 쳐라. 임 대접하리라.

김 진사 술을 받아 마시고 기쁜 얼굴로 기생을 쳐다보며,

"얘, 그 노래 참 좋다. 과연 이름난 기생이로구나. 얘 산홍아, 수고하는 김에 편 하나 하려무나."

산홍이 웃으며,

"황송한 말씀이올시다마는 줄수록 더 달라고 한다더니 들을수록 더 듣고 싶습니까?"

김양주 역시 웃으며,

• **미투리** 삼이나 노 따위로 짚신처럼 삼은 신.

• **가곡(歌曲)** 우리나라 전통 성악곡의 하나. 시조의 시를 피리, 젓대, 가야금, 거문고, 해금 따위의 관현악 반주에 맞추어 오장 형식으로 부른다.

• **승로반(承露盤)** 하늘에서 내리는 장생불사의 감로수를 받아먹기 위해 만들었다는 쟁반.

• **편(編)** 국악 곡조 중 한 가지. 대체로 잔가락이 없고, 음정의 높낮이가 심하게 나타나며 여러 박자가 섞여 있다.

"요년이 서방을 떼어 버리려고 그 무슨 버릇없는 소리냐?"

"영감과 흉허물 없어서 응석으로 한 소리인데 노하셨습니까?"

"허허, 그 계집애. 나야 괜찮다마는 좌석에 초면 친구가 계신데 그런 소리를 한단 말이냐."

"실수를 했습니다. 편을 하라 하시니 편이나 하나 하고 속죄할까요? 그런데 요사이 실음이 되어서 목소리가 잘 나지 않습니다."

하더니 두세 번 기침을 하고 높은 소리를 내어 노래를 한다.

나라의 명산(名山) 높은 봉우리 청천(靑天)에 깎아 놓은 연꽃이다.
웅장한 절벽은 우뚝 서 북쪽 삼각산(三角山)을 이루고
기이한 바위는 늘어서 남쪽 남산(南山)을 이룬다.
좌청룡 낙산(駱山), 우백호 인왕산(仁王山) 상서로운 기운 대궐로 모여
영특한 기운 뭉쳐 뛰어난 인재가 나오니 아름답도다,
우리 동방 산하의 굳셈이여!
태평성대의 의관, 문물 영원히 무궁하리로다.
해마다 풍년 들어 나라와 백성이 평안할세
황국(黃菊) 피고 단풍 들 때 기린 뛰노는 것 보려 산에 올라
술에 취해 흔들거리며 임금 은혜 감격하노라.

• **실음**(失音) 목소리가 쉬어 말을 하지 못함. 또는 그런 증상.

"수고했네."

"천만의 말씀이올시다."

김양주가 김 진사를 쳐다보며,

"종씨 어떠하오?"

"여러 달 심사가 울적하더니, 오늘에야 심신이 상쾌합니다."

"허허, 울적할 때 이런 노래를 들으면 정신이 상쾌해집니다. 어찌 됐든 오늘은 취하도록 마십시다."

하고 한 잔 한 잔 또 한 잔에 취하도록 먹으니 김양주는 더욱 허튼소리를 하고, 김 진사는 한층 더 친한 정분이 생긴다.

"종씨, 어찌됐든지 허 판서 댁만 부지런히 드나들면 삼정승 육판서도 할지 모르니 꼭 내가 하라는 대로만 하시오."

"암, 이를 말씀이오. 나는 종씨만 태산같이 믿고 있겠소."

"그러면 내일 허 판서를 찾아가서 뵙시다."

"내가 가서 뵈오면 무엇하오. 종씨가 있는데……."

"그래도 한번 가서 뵙는 것이 장차 좋을 것이오."

"아무려나 종씨 하라는 대로 합시다."

이렇게 이야기를 주고받으며 술을 잔뜩 먹고 밤늦게 기생집을 나와 각각 집으로 돌아갔다.

딸을 세도가의 첩으로

이튿날 김양주와 김 진사가 일찍 세수하고 서로 찾는데 김 진사가 머무는 데는 아주개요, 김양주 집은 사직골이라. 각각 찾아 나섰다가 내수사 앞에서 서로 만났다. 김양주가 김 진사를 보고 반겨서 말한다.

"아, 종씨. 병이나 아니 나셨소? 나는 지금 궁금해서 종씨를 찾아가는 길인데……."

"나야 관계없지마는 영감은 괜찮습니까? 나도 지금 궁금해서 영감댁으로 문안차 가는 길이올시다."

"대단히 감사하외다. 우리 나선 김에 허 판서나 가서 뵈시려오?"

"그렇게 하십시다."

김 진사가 김양주를 따라 사직동으로 가니, 김양주가 허 판서 집 사랑으로 먼저 쑥 들어갔다가 얼마 만에 도로 나와서 들어가자고 한다.

김 진사 옷을 다시 고쳐 입고 따라 들어가니 큰 사랑을 지나, 뒤 별당으로 들어간다. 김 진사가 절하고 자리에 앉자, 허 판서가 김양주를 쳐다보며,

"이 사람이 그저께 참봉 벼슬을 받은 사람인가?"

하고 물어본다. 김양주 머리가 방바닥에 닿도록 조아리며,

"예, 그렇습니다."

하니, 허 판서가 다시 김 진사를 쳐다보며,

"어, 매우 단정한 선비로군. 그래 어디 수령 하나 하기가 소원이라지? 우선 시험 삼아 조그마한 과천 현감을 해 볼까? 아닌 게 아니라 과연 과천이 좋긴 좋지. 울고 들어가서 웃고 나오는데……."

김 진사는 무슨 영문인지 몰라 눈만 껌뻑이고 있고 김양주가 허 판서에게 묻는다.

“지금 과천 현감 자리가 비었습니까?”

“그렇다네. 과천 현감이 사직 상소를 했지.”

“값은 얼마나 합니까?”

“만 냥은 있어야 할걸. 내 생각 같아서는 사람을 뽑는 처지에 돈을 상관하랴마는, 다른 사람들이야 어디 그런가?”

이같이 짐짓 청렴결백한 체하는 것을 김 진사는 순진한 마음에 참말로 알고 기뻐하며 몸둘 바를 몰라 한다.

“대감께서 은혜를 베풀어 벼슬을 하게 해 주시고, 또 현감까지 맡기신다니 황공무지로소이다.”

- **내수사(內需司)** 조선 시대에 왕실 재정의 관리를 맡아보던 관아.
- **사직상소(辭職上疏)** 관직에서 물러날 뜻을 글로 써서 임금에게 올리는 것.

"별소리를 다 하는구려. 오늘 당장 현감 자리를 마련해 줄 터이니, 돈표를 써서 두고 가오."

김양주가 급히 벼루를 꺼내 먹을 갈려 하는데, 마침 연적에 물이 없다. 김양주가 문에 달린 방울을 쳐 소리를 떨렁 내니 열대여섯 살가량 된 미소년 하나가 소리를 길게 빼어 대답을 하고 쪼르르 달려온다. 김양주가 연적을 주며,

"옜다, 여기 물을 넣어 가지고 오너라."

하니 미소년이 받아 가지고 별당으로 내려가는데, 비록 남자이지만 얼굴이 달덩이 같고 풍채가 늠름하다. 그 아름답고 빼어난 모습이 보던 바 처음이라, 김 진사는 문득 채봉이 생각이 나서 옆에 있는 사람이 듣는 줄도 모르고 중얼거린다.

"그 아이 참 잘생겼구나. 언제 저런 사위를 얻어 내 딸과 짝을 지어 줄꼬."

하는데 허 판서와 김양주가 또렷하게 듣고 있었다.

잠시 후 미소년이 연적을 갖다 놓고 돌아가거늘, 김 진사 넋을 잃고 미소년 가는 데를 바라본다. 이 미소년은 허 판서의 시중을 드는 아이인데, 허 판서는 세상 남녀 간에 이 미소년만 한 인물이 없다고 늘 칭찬하는 터였다.

그런데 김 진사의 말을 들은 허 판서에게 별안간 딴 욕심이 생기니, 오백여 리 밖에 있는 채봉의 앞날에 무수한 고난이 이로부터 비롯된다.

김양주가 먹을 다 갈고 김 진사를 탁 치며,

"무엇을 그렇게 정신없이 보고 있소. 어서 어음이나 써서 드리고 갑

시다."

"예, 쓰지요. 그런데 오천 냥은 지금 있고, 오천 냥은 평양으로 기별을 해서 가져오든지, 그렇지 않으면 내가 내려가야 할 터인데 어찌하면 좋겠습니까?"

허 판서는 벼슬 팔기에 수단이 있는 양반일 뿐 아니라, 김 진사 집의 실정을 다 아는 터라, 이 말을 듣고 선뜻 허락을 한다.

"그러면 오천 냥 가진 표는 나를 주고, 오천 냥은 어음만 써 놓았다가 나중에 들여놓게그려."

김 진사는 오천 냥 어음을 써 놓고 또 오천 냥은 돈표를 써 놓으니, 허 판서가 받아 문갑 서랍에 넣고 웃는 낯으로 김 진사를 쳐다본다.

"내일이면 과천 현감을 할 터이니 이제는 김 과천이라 하지. 김 과천, 허허!"

"황송합니다."

"내일이면 할 터인데 무슨 관계가 있나. 그런데 아까 우리 집 심부름하는 아이를 보고 무어라고 했나?"

"위인이 하도 얌전하기에 칭찬했습니다."

"글쎄, 칭찬한 줄은 아네. 그런데 사위 삼았으면 좋겠다고 그러지 않았나?"

허 판서는 음흉한 생각이 있어서 묻는 말이지만 김 진사가 어찌 그

* **돈표** 현금으로 바꿀 수 있는 표. 수표, 어음 등이 있다.

런 속을 알겠는가. 조금도 의심하지 않을 뿐 아니라 도리어 황공하여 대답한다.

"네, 그러했습니다. 소인에게 미천한 딸이 하나 있사온데, 과히 모자라지는 않으므로 그에 걸맞은 사람으로 짝을 지어 주려고 열여섯이 되도록 시집을 못 보냈습니다. 댁 상노를 보니 그 모양이 비슷하기에 무심코 속으로 말한다는 것이 대감 귀에까지 들리게 되었습니다."

허 판서가 이 말을 듣고 불같은 욕심이 일어나서 체면도 돌아보지 않고, 한바탕 너털웃음을 터뜨리더니,

"여보게 김 과천, 나는 그 상노 놈과 비교해서 어떤가?"

"황송합니다."

"황송하다고 할 것이 아니라, 내가 김 과천에게 청할 말이 있으니 부담 없이 들을 텐가?"

"대감의 분부라면 죽더라도 따르겠사오니, 어찌 안 듣겠습니까?"

"다른 청이 아니라, 내가 자네 사위가 되면 어떻겠는가?"

"천만의 말씀이올시다."

"천만의 말이 아니라 내 말을 들어 보게. 김양주가 이 자리에 앉아 있어서 하는 말이네만 김양주는 내 속을 다 아네. 내가 작년에 첩을 잃고, 마땅한 사람이 없어서 지금까지 그저 있네. 자네 딸을 내게 줄 것 같으면, 자네 딸도 호강을 할 것이요, 자네도 작은 고을 수령으로만 다니겠나. 감사, 아니 참판, 판서는 못할라구."

애초에 김 진사가 처음 서울에 왔을 때는 천금 같은 딸을 위해 좋은 사위를 얻어 낙을 보려는 마음이 먼저였다. 그런데 평안도 사람이 벼

슬하기가 하늘에 오르는 것처럼 어려운 이 시절에, 천만뜻밖으로 줄을 잘 잡아 벼슬자리를 얻고, 또 이같이 허 판서의 농간에 놀아나다 보니 헛된 영예에 불같은 욕심이 나는지라. 혼자 생각하길,

'채봉의 됨됨이가 녹록지 아니하여 팔자가 세니 재상의 첩이나 시켜 호강하게 하고, 나는 부원군 부럽지 않게 벼슬이나 실컷 얻으리라.'

하고 기쁘게 허락한다.

"미천한 딸년을 더럽다 아니하시고 이같이 거두어 주시니 어찌 감히 거역하겠습니까마는, 미천한 것이 제대로 감당할는지 그것을 몰라 염려이올시다."

"허허, 별소리를 다 하네그려. 내가 이야기를 들은즉 평양 사람들이 남녀 간에 일찍 성숙한다고 하던데. 그래, 어느 날 떠나려나?"

"내일 내려가서 데리고 오겠습니다."

"그러면 빨리 데리고 올라오게. 그동안 나는 자네 일을 잘 주선해 줄 테니……."

김 진사는 기뻐 어쩔 줄 몰라 하며, 다음 날 허 판서에게 하직하고 평양으로 내려간다.

- **상노**(床奴) 밥상을 나르거나 잔심부름을 하는 사람.
- **녹록하다** 만만하고 호락호락하다.
- **부원군**(府院君) 조선 시대에 왕비의 친아버지나 정일품 공신에게 주던 작호.

19세기의 매관매직

여기는 매관매직 현장입니다

채봉의 아버지 김 진사는 돈 만 냥을 주고 현감 벼슬을 샀습니다. 오늘날에도 그렇지만, 그때도 이런 일이 어려운 게 아니었나 봅니다. 당시 어떻게 매관매직이 이루어졌는지, 조선 시대 선비로 가장하여 그 시대로 들어가 보겠습니다.

허 판서 댁을 찾아가다

여기는 당시 최고의 권세가 있다는 허 판서 댁입니다. 첫인사를 뭐라고 해야 하나? 하인에게는 뭐라고 이야기하지? 이런저런 걱정을 하며 한참을 대문 앞에서 망설이다가 에라 모르겠다, 일단 허 판서 댁 대문을 두드려 봅니다. 하인에게 귓속말로 벼슬 사러 왔다는 이야기를 건네니, 별말 없이 안내를 합니다. 아마도 관직을 사기 위해 찾아오는 사람이 많아서 익숙해진 모양입니다. 그런데 허 판서에게 안내를 하는 게 아니라 웬 부인에게 안내를 하네요.

관직을 파는 권세가들은 직접 돈을 챙기지 않고 이른바 '합부인'을 시켜 돈을 받는다고 하던데, 이 여자가 바로 합부인인가 봅니다. '합부인(閤夫人)'이라는 말은 원래 대화 중에 상대 남성을 높일 때 그의 부인을 이르는 말인데, 매관매직 현장에서는 이렇게 다른 의미로 쓰이고 있네요. 어쨌거나 벼슬을 하기 위해서는 먼저 합부인에게 따로 뇌물을 바쳐야 했답니다. 뇌물의 액수에 따라 그 지위가 달라졌다고 하니, 우선은 합부인에게 잘 보여야겠지요?

거래를 시작하다

하인에게 안내 받은 방으로 들어가 쭈뼛거리며 서 있자, 합부인이 인사를 하는 건지 앉으라는 건지 고개를 한번 까딱 움직입니다. 그러고는 방 한쪽에 자리를 잡고 앉자마자 바로 이야기를 시작합니다. 그런데 이 합부인은 똑같은 이야기를 얼마나 많이 했는지, 소과 급제하는 데 몇 냥, 대과 급제하는 데 몇 냥, 수령이 되는 데는 몇 냥 등등 보지 않고도 줄줄이 읊어 내리네요.

벼슬을 얻는 대가로 치러야 하는 돈이 엄청난 액수인데도 벼슬을 사고파는 일이 이렇게 버젓이 이루어진다는 것은, 달리 생각해 보면 정상적인 길을 통해 벼슬하기가 어렵다는 이야기일지도 모르겠네요. 아무리 학식이 뛰어난 선비라도 과거에 급제하기는 하늘의 별 따기입니다. 더군다나 이렇게 돈으로 벼슬을 사는 사람들이 많으니, 과거에 합격하더라도 벼슬 얻기가 쉽지 않지요. 요즘에는 과거 시험장에서도 뇌물 주고받는 일이 많다고 하니, 시간이 갈수록 이렇게 점점 연줄을 통하거나 돈을 주고 사서 벼슬을 하는 수밖에 없을 듯합니다.

거래가 진행되다

합부인의 이야기를 듣다가 문득 채봉의 아버지 김 진사가 생각나, 평안도 사람은 벼슬하기 어렵지 않느냐는 말을 슬그머니 꺼내자, 합부인은 전혀 문제없다고 말하며 어서 결정하기만을 재촉합니다. 요즘같이 서북 지역의 함경도, 평안도 사람들이 벼슬하기 어려운 때에, 이런 이야기를 들었으니 김 진사가 혹할 만도 하네요.

어쨌든, 돈을 빨리 구해 오지 않으면 안 되겠네요. 들은 이야기에 의하면 어떤 양반이 돈 오만 냥을 바치고 고을 사또를 사서 부임하려다가 마침 지독한 고뿔이 들어 자리에 누웠다가 한 닷새쯤 늦게 임지로 갔더니, 십만 냥을 바친 새 사또가 이미 동헌을 차지하고 있어 돈만 날렸다더군요.

조선 시대의 서북(함경도, 평안도) 지역 차별

흔히 함경도와 평안도 땅을 일러 '서북'이라 칭하는데, 이 서북 출신들은 과거에 합격하기도 어려웠을 뿐만 아니라 설령 합격했다 할지라도 중요한 자리에 등용될 수 없었습니다. 혼인이나 교제에서도 서북 지역 사람들은 평등한 대우를 받지 못하고 멸시를 받았습니다. 조선은 척박한 서북 지역을 발전시키기 위해 이주 정책을 시행했는데, 양반은 제외하고 평민이나 일부 범죄인을 그 가족과 함께 이주시켜서 서북 지역에 대한 인식을 더욱 부정적으로 만들었습니다.

허 판서 댁을 나오며

이렇게 매관매직이 공공연하게 행해지는 것을 보니 참 착잡합니다. 조선 시대에는 '분경(奔競)금지법'이라는 게 있어 고위 관리의 집에 사사로이 찾아가는 것만으로도 중벌에 처했다던데, 뒤에서는 이런 어처구니없는 일이 벌어지고 있었군요. 이런 상황을 백성들이 가만히 보고만 있지는 않았겠지요. 뇌물로 벼슬을 얻은 탐관오리들은 그들이 투자한 돈을 거두느라 과중한 세금을 마음대로 거둬들였는데, 후에 그게 바로 민란의 주된 원인이 되었다고 할 수 있습니다.

분경금지법

조선은 개국 8년 만에 '분경금지법'을 제정했습니다. '분경'이란 관직을 얻기 위하여 권세 있는 자의 집에 분주하게 드나들며 갖은 방법으로 애쓰는 것을 가리킵니다. 조선 시대에는 고위 관리의 집에 3, 4촌 이내의 가까운 친척이 출입하는 것은 허락되었으나, 재판의 판결을 담당하는 관리의 집에는 아무리 가까운 친척이라 하더라도 문병과 조문 이외에는 출입을 금했습니다. 고위 관리나 왕의 친인척 집에 사사로이 찾아갔다는 게 밝혀지면 곤장 백 대에 유배 삼천 리라는 처벌을 받았을 뿐만 아니라 다시는 관직에 임용하지 않는 것이 원칙이었습니다. 이는 다른 죄의 형벌을 생각해 보았을 때, 비교적 무거운 중형에 해당합니다. 오늘날에도 공직자들이 자신의 지위를 남용하여 이익을 취하거나, 국가 혹은 타인에게 피해를 입히는 것을 단속하기 위한 법령과 기관이 존재합니다. 2002년에 출범한 국가 기관인 '부패방지위원회'에서 공직자의 뇌물 수수, 인사 청탁, 공금 횡령 등을 금지하는 법과 제도를 만들고 정책을 시행하고 있습니다

닭의 입이 될지언정 소의 뒤는 되지 않겠습니다

이때 이 부인은 채봉의 혼인을 정하고 김 진사가 내려올 동안에 혼수를 장만하려고 방에서 채봉의 의복을 마련하고 앉았는데, 김 진사가 내려와 집 안에 들어서며,

"부인, 어디 갔소?"

하고 마루에 털썩 앉으니, 이 부인이 그 목소리를 듣고 기다렸던 차에 반가워서, 손에 잡았던 가위를 집어던지고 급히 뛰어나온다.

"진사님이오! 왜 이렇게 더디 내려오셨소. 나는 그간 애기 혼인을 정하고 내려오시기만 고대했지요."

김 진사가 혼인 정했다는 소리를 듣고 깜짝 놀라며,

"혼인을 정했다니, 누구와 정했단 말이오?"

"오시느라 피곤하시지요. 차차 이야기할 것이니 우선 방으로 들어와

앉으시지요."

"아니, 괜찮소. 우선 급하니 말을 하구려. 그런데 이제 나는 진사가 아니라 그새 참봉이 됐다오. 허허."

하며 방에 들어와 갓과 탕건을 벗어 주니 부인이 받아 벽에 걸고, 반겨 하며 옆에 앉는다.

"아이고, 반가워라. 올해는 운수가 겹겹이 좋구려. 영감은 벼슬을 하시고 채봉이는 혼인을 정하고……. 그런데 혼인 정했단 말을 듣고 왜 그리 깜짝 놀라시오?"

"우선 듣기가 급하니 말부터 하오."

"그런 것이 아니라, 대동문 밖에 사는 장 선천 부사의 아들과 정혼했다오."

"아니, 장 선천 부사 아들과 정혼했어? 그 거지 다 된 것하고? 흥, 내 참 기가 막혀서……. 서울에서 기막힌 사위를 정하고 내려왔으니, 채봉이를 데리고 우리 서울로 올라가서 삽시다."

부인이 이 소리를 듣고 눈이 휘둥그레져서,

"기막힌 사위라니 어떤 사람이란 말이오?"

하고 물으니, 김 진사 혀를 휘휘 내두르며 허풍을 떤다.

"누군지 알면 뒤로 자빠질 것이오. 누구인고 하니, 사직골 허 판서 댁이오. 이 나라에서 세도가 제일이지."

부인이 이 말을 듣고 한편으론 끔찍하고 한편으로는 기가 막혀서 다시 묻는다.

"허 판서면 첫째 부인이오, 둘째 부인이오?"

"첫째 부인도, 둘째 부인도 아니오. 첩이라오."

"나는 못하겠소. 허 판서 아니라 허 정승이라도……."

"왜 못해!"

"서울 가시더니 정신이 돌아 버렸구려. 예전에는 얌전한 신랑을 택해 슬하에 두고 걱정 근심 없이 재미있게 살자고 늘 말씀하시더니 오늘은 이게 무슨 날벼락이오. 그래, 채봉이 그것을 금이야 옥이야 길러서 남의 첩으로 준단 말이오."

"허허, 아무리 남의 첩이 되더라도 호강하고 몸 편하면 됐지."

"첩이란 것이 남의 눈에 가시 되는 것이 아니오? 언제 무슨 해를 당할지 모르니 비단 방석에 앉아도 바늘방석 같을 텐데, 호강만 하면 제일이란 말이오. 나는 죽어도 그런 호강 아니 시키겠소."

김 진사 이 말을 듣고 열이 나서 무릎을 탁 치며 큰소리를 친다.

"그래, 그런 자리가 싫어? 저런 복 찰 사람을 보았나. 딴소리 말고 내 말 좀 들어 보오. 우선 춤출 일이 있으니……."

"무엇이 그리 좋은 일이 있어 춤을 춘단 말이오?"

"벼슬 없이 늙던 내가 허 판서의 주선으로 벼슬길에 나서게 됐지, 또 내일모레면 과천 현감을 하지, 이제 채봉이가 그리 들어가 살면 평생 호강하거니와 내가 감사도 되고 참판도 되고 판서도 될 것인즉, 부인이야 정경부인은 따 놓은 당상이니 이런 경사가 어디 있소. 두말 말고 데리고 올라갑시다."

첩이란 말에 펄펄 뛰던 이 부인도 그 말엔 솔깃하여,

"영감이 기어코 하려 드시면 낸들 어찌하겠소마는, 채봉이가 말을 들을지 모르겠소."

이때 초당에 앉아 글을 읽고 있던 채봉은 부친의 목소리를 듣고 취향을 데리고 안방으로 건너오다가 자신의 혼사 이야기가 나오자 걸음을 멈추고 서서 듣고 있었다. 이윽고 말소리가 그치자 채봉이 방에 들어가 부친 앞에서 날아갈 듯 맵시 있게 절을 한다.

"아버님, 먼 길 안녕히 다녀오셨습니까?"

김 진사가 딸을 보고 귀한 생각이 한층 더 나서 등을 어루만지며,

"오냐, 잘 있었느냐. 그래 그동안 글공부도 더 하고, 바느질도 많이 익혔느냐?"

• **정경부인**(貞敬夫人) 조선 시대에 정일품, 종일품 문무관의 아내에게 주던 봉작.

하더니 부인을 쳐다보고 벙글벙글 웃으며,

"부인, 참 이제는 바느질을 배워도 쓸 데가 없겠구려. 침모가 있어서 다 해서 바칠 터이니……."

채봉은 이 말을 듣고 눈살을 찌푸리며 얼굴을 숙인다. 김 진사가 다시 채봉을 보고,

"아가, 너는 재상의 첩이 좋으냐, 여염집의 부인이 좋으냐? 아비, 어미 있는데 부끄러울 게 뭐냐. 네 생각을 말해 보아라."

채봉이 예사 여염집 처녀 같았으면 부모의 말이라 뭐라고 대꾸하지 않았을 테지만, 원래 학식도 있을 뿐 아니라 장필성과의 일을 잠시도 잊지 않고 있는지라. 게다가 부모가 하는 얘기를 다 들은 터라 조금도 서슴지 않고 얼굴을 바로 하고 대답한다.

"차라리 닭의 입이 될지언정 소의 뒤 되기는 바라는 바가 아닙니다."

"허허, 그 녀석. 네가 첩 구경을 못해서 그런 소리를 하는구나! 재상의 첩이야 세상에 그 같은 호강이 또 없느니라."

부인이 말을 가로막고 김 진사를 쳐다보며,

"영감은 자식에게 별말씀을 다 하시는구려. 계집애 자식이란 것은 으레 부모가 하는 대로 좇아가는 법이랍니다. 아가! 너는 네 방으로 가 있거라."

채봉을 내보낸 두 내외는 서울 올라갈 의논을 하고, 그날로 집안 세간을 팔아 서울 갈 짐을 꾸린다.

한편 채봉은 초당으로 나와 장필성과의 약속을 생각하고 홀로 탄식한다.

'어지러운 이 세상에 부귀공명이 무엇인가. 그같이 나를 사랑하던 부모가 하루아침에 믿음을 저버리고 나더러 천한 첩의 몸이 되라 하시니, 가엾고 한심한 일이로구나. 부모는 부귀에 눈이 어두워 그런다지만, 나는 한번 약속한 마음 변치 않으리라. 잠깐 동안 부모에게 근심을 끼칠지라도 믿음을 저버리진 않겠다.'

채봉이 이같이 비장한 마음을 먹으니, 저도 모르게 눈물이 옷깃을 적신다. 그러다 한 가지 꾀를 생각해 내고 취향을 부른다.

"얘 취향아, 내가 너를 몇 해 동안 친형제같이 알고 지낸 터이거니와 나의 억울한 사정을 알아줄 사람이 너밖에 없구나. 장 선비와의 일은 너도 알겠지만, 아무리 부모의 분부인들 그런 중한 약속을 배반할 수 있겠느냐? 이를 어찌하면 좋으냐?"

"글쎄올시다. 처음에는 서울서 정혼을 하고 오시더라도 혼인을 물리겠다고 하시던 마님까지 마음이 변하셨으니……. 아가씨는 서울 허씨 댁 마님이 되실 수밖에 없나 봅니다. 그나저나 아가씨는 서울 올라가시면 그만이지만 저는 이 바닥에서 장 서방님을 무슨 낯으로 뵙니까?"

채봉이 이 말을 듣더니,

"얘야, 그렇게 하지 않을 방법이 있기는 있다."

하고 취향의 귀에 대고 은밀한 말을 한다. 그리고 다시 이어,

- **침모(針母)** 남의 집에 매여 바느질을 맡아 하고 일정한 품삯을 받는 여자.
- **여염집** 일반 백성의 살림집.

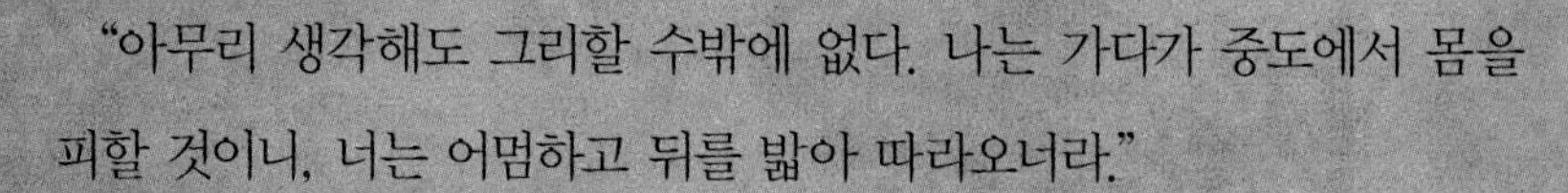

"아무리 생각해도 그리할 수밖에 없다. 나는 가다가 중도에서 몸을 피할 것이니, 너는 어멈하고 뒤를 밟아 따라오너라."

취향이 고개를 까딱하며,

"그러시면 진사님과 마님께서 오죽 슬퍼하시겠습니까만, 아가씨 생각이 정 그러시다면 시키는 대로 하지요."

다음 날 이른 아침에 길을 떠날 때, 채봉이 취향의 손을 잡고 이별하면서 주머니에서 돈 오십 냥을 꺼내 주며 은근히 다짐한다.

"어젯밤 약속을 잊지 말고, 이걸로 노자를 삼아 따라오너라."

황급히 작별하고 가마에 올라앉으니, 김 진사와 이 부인은 속도 모르고 채봉이 마음 돌린 것을 천만다행으로 생각하여 길을 떠나자고 수선을 떤다.

사랑을 위한 도주

이날은 이미 해가 중천에 떠 이튿날 떠나도 좋으련만, 하루가 급한 김 진사의 재촉으로 점심 때 출발한 탓에 만리교에 이르자 벌써 해가 저물었다. 조용한 주막을 얻어 이 부인과 채봉은 안으로 들어가고 김 진사는 밖에서 묵는다.

밤이 깊어 삼경쯤 되었는데 사방에서 비명 소리가 나면서 불바다가 되거늘 김 진사 깜짝 놀라 밖으로 나와 보니 사방에서 화적 떼가 물밀 듯이 들어오며 사람을 닥치는 대로 죽이는 통에, 집 안에 있는 사람은 벌써 모두 도망가고 얼쩡거리는 강아지 한 마리 볼 수 없다.

김 진사는 어찌할 바를 몰라 급히 안으로 들어가니 채봉은 간데없고, 곳곳에 들리느니 울음소리뿐이다. 큰일 났다 싶어,

"채봉아, 채봉아!"

하고 부르기는 하지만 화적 떼가 벌써 그 집으로 가까이 왔는지라 방에 있는 행장을 미처 추스르지도 못한 채 담을 넘어 도망 나온다. 허둥지둥 달리다가 울음소리가 나는 쪽을 돌아보니, 묵던 주막은 벌써 불덩어리가 되어 활활 타고 있다. 김 진사는 행장에 있는 돈 생각은 둘째요, 우선 이 부인과 채봉을 목이 터져라 부른다.

한편 이 부인은 채봉을 데리고 자다가 주인 노파가 깨우는 소리에 깜짝 놀라 일어나 보니, 옆에 누웠던 채봉은 간데없고 사방에 불꽃이 비쳐 낮같이 밝으며 아우성 소리가 귀를 때린다. 정신없이 주인 노파에게

이끌려 뒷문으로 달아나니, 길을 메우는 것이 피난하는 사람들이라.

이 부인은 영감과 채봉이 사람들 틈에 섞여 달아났으리라 생각하고, 채봉과 김 진사를 번갈아 부르며 급히 쫓아간다. 그러다가 뒤에서 채봉을 부르는 소리가 들려오기에 급히 고개를 돌려 채봉을 마주 부르니 김 진사가 달려온다. 김 진사는 부인을 붙들고,

- **삼경(三更)** 하룻밤을 오경(五更)으로 나눈 셋째 부분. 밤 11시에서 새벽 1시 사이이다.
- **화적(火賊)** 떼를 지어 돌아다니며 재물을 마구 빼앗는 사람들의 무리. 불한당(不汗黨).
- **행장(行裝)** 여행할 때 쓰는 물건과 차림.

"나도 영감과 채봉이를 찾느라고 여기까지 오는 길인데, 채봉이가 어디로 갔단 말이오? 피난하는 사람 중에 섞였나 좀 찾아봅시다."

두 내외가 손을 잡고 칠흑 같은 밤길을 더듬거리며 채봉을 부르지만 그 누가 대답하겠는가. 채봉은 취향과 약속한 대로 이미 평양을 향해 도망간 지 한참 되어 십 리나 떨어졌는데……. 사람의 자취는 멀어지고 부르는 소리는 힘이 빠져 두 내외가 땅에 털썩 주저앉는다.

"아이구! 이 일을 어쩌나. 우리 채봉이가 죽었구나. 설사 죽지 않았더라도 도적에게 잡혀갔을 터이니, 이 노릇을 어찌한단 말이오."

하며 탄식만 한다.

도둑놈들이 노략질을 끝내고 돌아가자, 피난민들이 돌아와 동네의 불을 끄고 주인 노파도 김 진사 내외를 데리고 주막으로 돌아왔다. 이 부인은 다시 정신을 차려 자던 방으로 급히 들어가 채봉을 찾고, 김 진사는 급히 바깥방으로 가서 짐을 확인한다. 하지만 이미 도적들이 풀어헤쳐서 재산을 다 가져간 뒤다. 눈앞이 캄캄해진 김 진사는 방바닥에 털썩 주저앉아 짐짝을 안고,

"애고, 애고."

한다. 이 부인도 채봉의 행장을 끌어안고,

"채봉아, 채봉아! 너는 어디 가고 쓰던 세간만 있단 말이냐. 죽었느냐, 살았느냐? 죽었으면 잊기나 하련마는 살아서 도적에 붙들려 갔으면 그 고생이 오죽하랴."

하며 뼈가 녹듯이 운다. 주인 노파가 위로하며,

"울지 마시오. 이런 일이 모두 한때의 액운이라오. 딱한 말씀을 어

찌 다 하겠소마는, 이곳이 도적이 자주 출몰하는 데라 재물 잃고 자식 잃은 사람이 한둘이 아니외다. 이 역시 팔자 소관이니 울면 무엇하시겠소."

하고 물러나니, 부인은 이날 밤을 이렇게 울면서 샌다. 김 진사는 자결이라도 하고 싶으나 헛된 욕심에 눈앞이 어두워 홀로 생각하기를,

'서울에 오천 냥 맡긴 것이 있고, 더군다나 그간 과천 현감이 되었을 테니, 우선 몸이 귀히 된 후 채봉도 수소문하여 찾고 재산도 다시 모으리라.'

하고 나머지 살림을 팔아 노자를 마련한 후 두 내외가 걸어서 서울로 올라갔다.

상경한 김 진사 내외는 전에 묵었던 객줏집으로 거처를 정하고, 이튿

날 허 판서를 찾아갔다. 허 판서는 김 진사를 보고 반기며,

"오, 김 과천 오시나. 그래, 올라오는 데 힘들지 않았는가? 자, 우선 급할 터이니 과천 현감을 구경하려나?"

하더니 문갑에서 칙지를 내어 준다. 김 진사가 칙지를 보니 가슴이 덜컹 내려앉아 혼 빠진 사람처럼 눈물만 흘리고 감히 받지를 못한다. 허 판서가 그것을 보고 껄껄 웃으며,

"왜, 너무 반가워서 그러나?"

김 진사가 일어나 절을 하고 칙지를 받아 앞에 놓고는,

"대감 덕에 분에 넘치는 은혜를 입었습니다마는, 운수가 불길하여 올라오다가 죽을 고비를 겪어 대감 뵈올 낯이 없습니다."

허 판서 깜짝 놀라며,

"아니, 그게 무슨 소린가? 죽을 고비를 겪다니?"

김 진사가 자초지종을 다 말하니, 허 판서 별안간 눈이 샐쭉해지며 가엾은 생각은커녕,

'이런 맹랑한 놈을 보겠나! 어찌 되든 과천 현감은 할 수 있겠다 싶으니까 내려갈 때는 허락을 하더니 이제 와서 딴소리를 해!'

하고 속으로 생각하고, 한번 몸을 부르르 떨며 놀라는 체한 후에 김 진사의 얼굴을 훑어본다.

"참으로 고생했네. 그래, 재물은 도적이 가져갔거니와 딸이야 왜 못 찾아 가지고 온단 말인가?"

"아무리 찾아도 찾을 수가 있어야지요. 그래서 대감 위력이나 빌어 가지고 찾으려고 이렇게 올라왔습니다."

이 소리를 들은 허 판서가 얼굴이 벌개지며 버럭 소리를 지른다.

"이놈! 소위 부모가 되어서 난리 중에 자식을 잃고 찾을 생각도 아니 하고, 뉘 힘을 빌어서 찾으려고 해? 맹랑한 놈!"

하더니 별안간 하인을 불러 옥에 가두라 이른다.

"이놈! 네 딸을 데려오든지 그렇지 않으면 돈 오천 냥을 마저 바치든지 해야 무사하리라. 이놈아! 그 따위 소리를 뉘 앞에서 하느냐? 시골 내려갈 때는 주선해 주마 하더니 현감 자리가 굴러 들어오고 나니까 딴소리를 해?"

하고 다시 말할 새도 없이 집 안에 있는 옥에 가둔다.

이때 이 부인은 객줏집에 혼자 앉아 채봉이 생각에 눈물을 흘리며 김 진사 나오기만을 기다리는데, 이날 밤이 지나고 또 하루가 지나도록 김 진사가 아니 나온다. 의심이 들어 사람을 시켜 알아보니 이러저러한 일로 허 판서 집에 갇혔다 하니, 가슴이 오뉴월 장마에 토담 무너지는 듯하고 눈앞이 캄캄하여 에구머니 하는 소리를 내고 까무라친다.

이 거동을 본 객줏집 주인이 급히 더운 물을 먹이고 사지를 주무르니 한 시간 정도 지나 정신을 차린 이 부인이 길게 한숨을 한 번 휘쉬고 강물 같은 눈물을 쏟는다.

"애고, 이게 웬일이냐. 자다가 얻은 병인가, 졸다가 얻은 병인가? 이제는 채봉이 소식도 못 알아보고 속절없이 죽겠구나."

"어떻게 된 일이오?"

하고 객줏집 주인이 물으니 이 부인이 자초지종을 다 말한다. 사정을

안 주인이 혀를 끌끌 차며,

"애고, 가엾어라. 돈 주고 얻은 병이구려. 이런 일이 어디 한두 번이오. 허 판서 심보에 필경 돈을 해서 넣든지, 따님을 찾아 넣든지 해야 나오지, 그러기 전에는 어려울 거요."

이 부인이 더욱 눈물을 흘리며,

"돈도 구할 수 없고 딸도 찾을 수 없으니, 볼일은 다 보았구려."

"그것 참 안됐소. 그러나 세상일은 알 수가 없으니……. 혹시 따님이 밤중에 피난을 하여 평양으로 도망갔는지도 모르잖소? 평양으로 내려가 찾아보오. 여기는 백날 있어도 소용없소."

이 부인이 이 말을 듣고 가만히 생각한즉 그럴듯도 하다.

"주인의 말이 지당하오. 그러나 노자가 없으니 어떻게 오백여 리를 내려간단 말이오. 어렵겠지만 이것을 좀 팔아 주시오."

하고 머리의 비녀를 빼어 준다. 객줏집 주인이 나가서 팔아 오니, 이 부인은 그 돈을 노잣돈 삼아 평양으로 내려간다.

나를 좀 팔아 주게

대개 세상의 근심과 고생은 우연한 기회에 생기는지라. 그 당시 채봉은 평양으로 내려와 취향의 집에 머물면서 부친의 소식을 기다리는 한편, 장필성에게 연락하려고 기회를 보며 서화에 낙을 붙이고 있었다. 사실 채봉은 만리교에서 도적이 들기 두어 시간 전에 도망했기에 김진사 내외가 그 지경이 된 줄은 모르고 있었다.

이때 부인은 열흘 만에 평양에 당도했으나 갈 데가 없었다. 속으로 생각하되,

'이 애가 평양에 왔으면 필시 취향이 집으로 갔을 터이니, 그 집으로 찾아가는 것이 옳다.'

하고 대동문을 들어서며 좌우를 돌아보고 탄식하는 말이,

"산천과 물색은 그대로인데 불과 한 달 동안에 내 행색은 이렇게 초

라해졌단 말이냐."

이렇게 한숨지으며 애련당골로 들어서서 취향의 집으로 들어간다. 이때 채봉은 취향을 데리고 앞일을 의논하고 있었다. 이 부인이 안으로 들어오며 취향부터 부른다.

"취향아! 취향아!"

채봉과 취향이 부인의 목소리를 어찌 모르리오. 한걸음에 우르르 달려 나오는데 이 부인이 채봉은 미처 보지 못하고 앞선 취향부터 보고,

"취향아, 우리 집 아기 여기 왔느냐?"

하니 채봉이 급히 나와 이 부인의 손을 잡으며,

"어머니, 저 여기 있어요."

한다. 이 부인이 얼싸안고 하는 말이,

"이 일을 어찌하면 좋단 말이냐. 우리 집이 오늘날 이같이 불시에 망할 줄 꿈에나 생각했을까?"

채봉이 이 말을 듣고 소스라치게 놀란다.

"망하다니요? 이 불초자식으로 인해 무슨 풍파를 치렀나요?"

이 부인이 마음을 진정하고 방으로 들어가 앉으며,

"어찌하여 네가 이리로 왔느냐?"

부인의 행색을 본 채봉이 이 말에는 대답을 아니하고 도리어 묻기부터 한다.

"글쎄, 어머니. 제가 여기 온 것은 차차 이야기할 것이니 어머니 이야기부터 하세요. 아버지는 어디 계시며 어머니는 무슨 일로 이렇게 혼자 오셨어요?"

하니 부인은 한참 동안 가슴이 답답하여 앉아 있다가, 만리교에서 도적 만난 일이며, 허 판서가 김 진사를 가두어 놓고 으르고 공갈하던 말을 다 한다.

"이 일을 어쩌면 좋으냐? 돈 오천 냥을 마련하든지 너를 데려오든지 하라 하니, 아버지를 살리려거든 나와 같이 서울로 올라가자."

채봉이 이 말을 듣고 눈물을 흘리며 지난날 만리교 주막에서 취향과 약속하고 밤중에 몰래 도망쳐 나온 사정을 대강 이야기하고,

"어머니, 저는 서울 올라가기는 죽어도 싫어요. 이제 자식은 죽은 걸로 아세요."

"네가 안 간다 하면 아버지는 아주 돌아가시란 말이냐? 너를 찾아오든지, 아니면 돈을 해 놓으라 하니 너라도 가야지."

채봉이 묵묵히 앉아 홀로 해결 방도를 생각한다.

'가련한 부모는 이미 범의 입속에 들었으며, 가산은 탕진하여 한 푼도 없고, 이 몸은 죽어도 먹은 마음 바꿀 생각이 없으니 이 일을 장차 어찌하리오. 내가 서울로 올라가면 장 선비에게는 죄인이 될 것이요, 돈도 못 마련하고 나도 아니 올라가면 부모는 환란을 면치 못할 터이니 차라리 이 몸이 죽으면 모를까. 죽으면 나는 허물없는 사람이지만, 늙고 병든 부모는 속절없이 죽는 사람이라. 죽기도 어렵고 살기도 어려우니 슬프구나. 천지가 넓건만 가련한 내 한 몸을 받아 줄 곳이 없는가. 누가 만일 돈을 주어 나의 부모를 구해 준다면, 종 노릇을 시키면 종 노릇을 하고, 기생 노릇을 시키면 기생 노릇이라도 하리라.'

이같이 결심하니 세상에 한없는 것이 눈물이라. 어린 간장이 다 녹

아 뜨거운 눈물이 되어 옷자락에 떨어진다. 채봉이 얼굴을 고쳐 들고 태연하게 모친을 대한다.

"그러면 돈을 해 드릴 터이니 그리 아세요."

"네가 오천 냥이나 되는 돈을 어떻게 마련한단 말이냐?"

"염려 마시고 며칠만 기다려 보세요."

채봉은 슬픈 마음이 북받쳐 눈물을 흘리고 앉았는데, 부인은 한편 슬프고 한편 기뻐서 다만 채봉의 눈치만 보고 앉았다. 채봉은 치맛자락을 들어 시름없이 흐르는 눈물을 닦더니 취향을 돌아보고,

"취향아, 어멈 어디 갔니? 좀 불러오너라."

"어머님은 봉선네 가셨소."

"가서 좀 불러오너라."

취향이 밖으로 나가더니, 한 시간쯤 되어 어멈과 같이 들어온다. 취향 어미가 이 부인을 보고 깜짝 놀라며,

"애고 마님, 어찌된 일이십니까?"

하는데 부인이 한숨을 쉬며 탄식한다.

"허, 우리 집은 기둥뿌리 하나 없이 졸지에 이 지경이 되었으니 말이 아니네."

"아니, 왜 이렇게 되셨습니까? 벼슬하러 올라가신다더니……."

채봉이 취향 어미를 바라보며,

"내가 어멈에게 청할 말이 있으니 힘을 좀 써 주려나?"

"무슨 청인데요?"

"부끄러워 말이 아니 나오네마는 내 몸을 좀 팔아 주게."

취향 어미 이 말을 듣고 깜짝 놀란다.

"애고, 그게 무슨 말씀이오. 공연히 망령된 말씀을 하시는구려."

"정말일세."

채봉이 전후사연을 다 말하니, 취향 어미 역시 눈물을 흘린다.

"아이고 딱해라. 어쩌다가 이런 변괴가 났습니까? 그런데 몸을 어떻게 파실 작정이세요?"

"지금 형편이 이러하니, 돈이 쉬이 마련되도록만 주선을 해 주게."

"기생이 되면 돈이야 쉬이 나오지만……."

"복 없는 인생이 무엇을 관계하겠나. 기생으로 팔릴 것이니 어디 적

당한 곳이 있나 알아봐 주오."

"아무리 그렇기로 기생 노릇을 어찌하려오. 한 자리가 있기는 하지만……."

"어디인가?"

"지금 봉선네 집에 갔더니, 봉선 어미가 봉선이를 팔아 서울로 보내고 집이 비었는데 기생 하나를 구하지 못해서 안달이던데요."

"그러면 주선을 하게."

이 부인이 옆에 앉아서 이 말을 듣더니 한편으로는 한심하기도 하고 한편으로는 분한 생각이 들어 채봉을 돌아본다.

"얘야, 나는 네 속을 알 수가 없다. 재상의 첩은 싫고 기생 노릇 하는 것은 원한단 말이냐. 내가 어찌 곱게 기른 내 딸을 기생으로 만든단 말이냐. 네가 정말 아비를 살릴 생각이 있거든 나와 같이 서울로 올라가자."

"저는 기생이 될지언정 재상의 첩은 싫어요."

"아가씨, 무슨 마음을 그렇게 이상하게 정하세요? 그러지 마시고 마님과 같이 서울로 올라가세요."

"나는 살아도 평양, 죽어도 평양이다. 다른 마음이 없으니 부질없이 권하지 마라."

사실 채봉은 속으로 생각하는 바가 있어서 이리하지마는 그 속을 모르는 이 부인과 취향 어미는 못마땅하게 여긴다. 취향 어미가 어쩔 수 없이 봉선이 집으로 가서 이 말을 전하니, 채봉의 미모와 재주가 이름난 터여서 봉선 어미 이 말을 듣고 기쁨을 감추지 못한다.

"취향 어미, 정말이오?"

"정말이고말고, 어떤 소리라고 거짓말을 하겠소."

"정말이면 좋기는 한량없이 좋소. 그런데 돈은 얼마나 달라고 합디까?"

"그런 것은 만나서 의논하구려. 봉선이는 얼마에 팔았소? 그 정도겠지."

"칠천 냥에 데려갔소."

"어쨌든지 같이 가서 의논합시다."

취향 어미가 봉선 어미를 데리고 집으로 가니, 채봉이 봉선 어미를 보고,

"어서 오시오. 다름이 아니라 내가 장차 기생이 되고자 하는데 마음에 어떠시오?"

"좋기는 하지만 정말인지 알 수가 없소."

"정말이오. 취향 어미에게 대강이라도 들으셨겠지요?"

"그래 들었소. 그러면 돈은 얼마나 주면 되겠소?"

"육천 냥만 주시오."

봉선 어미 남는 장사라 껄껄 웃으며,

"그리하지요. 봉선이가 가더니 이번에는 채봉이라. 내가 봉(鳳)하고 인연이 많은 모양이구려."

하고 집으로 가서 돈 육천 냥을 갖다 주고 이 부인의 표를 받아 간다. 이 부인이 하도 어이가 없어서 속으로는,

'저런 복 찰 년이 어디 있나. 오냐, 나는 모르겠다. 네 마음대로 해라.'

하면서도 부모 자식 간의 정이야 어찌하리오. 채봉의 손을 꼭 잡고 말한다.

"아가, 정말 그렇게 마음을 먹었느냐? 네가 평생에 장 서방을 지키겠노라 하더니 이렇게 해서 어찌 지키겠느냐?"

"어머니는 서울 가서 아버님이나 나오시게 하세요. 그리고 저는 만리교에서 불에 타 죽었다고 생각하세요."

하고 돈 오천오백 냥을 준다.

"오천 냥은 아버님 나오시게 하고, 오백 냥은 아버님 나오시거든 노자로 삼아 내려오세요. 오백 냥은 제가 쓸 데가 있습니다."

이 부인은 하는 수 없이 영감이나 구한 후 차차 어찌해 보자 생각하고, 눈물을 씻고 돈을 받아 서울로 올라간다.

고전 소설 속 여인들

채봉, 소설 속 여인들과 만나다

옛이야기 속에는 다양한 유형의 여성들이 등장합니다. 당대의 사회상과 가치관을 반영하는 소설 속 여인들을 만나 봅시다. 그녀들이 채봉이에게 할 말이 있다고 합니다.

《채봉감별곡》의 채봉 _ 개척형

닭의 머리는 될지언정 소의 뒤는 되지 않겠습니다.

부모님을 거역하고 스스로 기생이 되면서까지 자신의 사랑을 지키는 채봉. 그녀는 자신에게 닥친 고난을 피하지 않고 당당하게 헤쳐 나가는 능동적인 여성입니다.

《운영전》의 운영 _ 비극형

이승에서 이루지 못한 사랑
저승에서라도 이루겠습니다.

이루어질 수 없는 사랑에 아파하다 결국 죽음을 선택하는 비련의 여주인공입니다. 사랑하는 임에게 순정을 바치지만 현실에서 사랑을 지켜 나가기에는 너무나 연약한 청순가련형이지요.

《박씨전》의 박씨 부인 _ 주도형

낭군 같은 남자들은 조금도 부럽지 않습니다.

규방에 있는 아녀자이지만 나라를 걱정하고, 능력을 발휘하여 남자들도 못 해내는 일을 해냈습니다. 앞날을 내다볼 줄 아는 안목과 문제에 대한 슬기로운 대처 능력이 돋보입니다. 우리가 원하는 지혜롭고 진취적인 여성 지도자의 모습이 아닐까요?

지금 비록 기생이 되더라도, 너의 뜻을 굽히지 않는다면 네 사랑이 이루어지는 날이 올 거야.

《춘향전》의 성춘향 _ 저항형

수청을 들 수는 없사옵니다.

내 사랑은 내가 정한다고 외치는 당찬 열녀입니다. 남성의 노리개가 아닌 주체적인 여성으로 살아가기 위해 모진 고난을 견뎌 냈습니다. 자신의 의지를 꺾지 않았기 때문에 사랑을 찾고 신분 상승도 이루었지요.

《심청전》의 심청 _ 희생형

나 죽기는 서럽지 않으나,
앞 못 보는 아버지는 누굴 믿고 살란 말인가.

아버지의 눈을 뜨게 하기 위해, 공양미 삼백 석에 몸을 팔아 인당수에 몸을 던진 효녀지요. 어쩔 수 없는 죽음이 아니라 타인을 위해 스스로 택한 죽음이기 때문에, 그런 고귀한 희생 뒤에는 보상이 따르게 마련입니다. 왕비도 되고 눈 뜬 아버지도 만나니까요.

《사씨남정기》의 사정옥 _ 순종형

마음을 곱게 먹고
투기심을 버린다면 가정이
화목하기 마련이지.

현명하고 어질지만 순종적인 현모양처로 가족의 평화를 위해 자신의 고통을 모두 감수합니다. 유교의 가부장 제도가 요구했던 어머니 상이지요.

정인과의 약속을 지키려는 것은 장한 일이다만, 부모님께 걱정을 끼쳐 드리고 기생이 되다니 큰일이구나.

《사씨남정기》의 교채란 _ 악녀형

내 욕망을 이루기 위해
무슨 일이든 하겠어.

본부인을 없애기 위해 온갖 모함을 일삼는 첩입니다. 자신의 욕심을 채우려 남에게 상처를 주지만 결국 자신의 악행 때문에 파멸하고 마는데, 모두 인과응보지요. 그래도 자신이 원하는 것에 솔직한 여성입니다.

흥, 한번 본 남자 때문에, 세도가의 첩 자리를 마다해? 네가 아직 인생을 몰라도 한참 모르는구나.

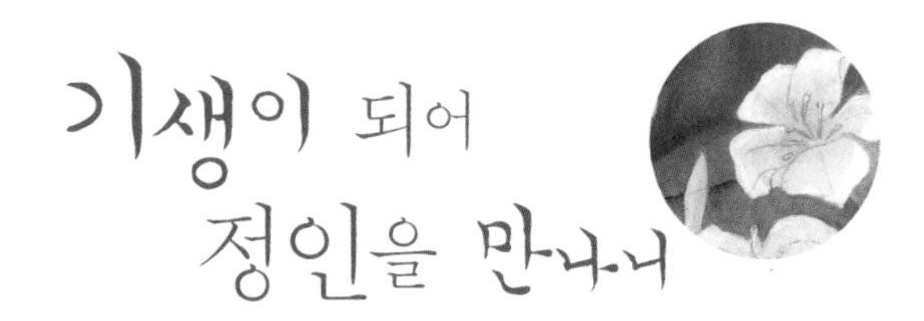

채봉은 모친과 이별하고 봉선 어미 집으로 들어가 기생 노릇을 시작한다. 우선 이름을 '송이(松伊)'라 고치니, 이는 스스로의 절개를 소나무에 빗대어 장필성과의 언약을 지키려는 것이다. 그러나 속 모르는 기생 어미는 송이를 아지랑이 봄바람에 갓 피어난 꽃송이로 생각하고 더욱 사랑하여 사방에 널리 소문을 낸다.

평양 남자들은, 송이라 하는 기생이 인물도 빼어날뿐더러 글씨며 그림도 출중하단 말을 듣고 한번 보기를 원하는데, 송이는 모두 응하지 않고 이상한 문제를 내놓는다. 그 문제는 다름이 아니라 '그대에게 권하노니, 선녀를 만나는 꿈은 생각지 말고 힘써 글을 읽어 과거에 급제하소서.'라는 글귀에 짝을 맞추라는 것이었다. 거기에 설명을 달기를 '이 시는 어떤 시에 답한 것이니, 어떤 시에 이같이 답한 것인가를 알

아내는 사람이라야
몸을 허락하리라.'
한다.

그 글귀는 전날 채봉이 장필성에게 답한 것이라, 하늘도 모르고 땅도 모르고 귀신도 모르고 아는 사람은 다만 채봉과 장필성뿐이니 누가 능히 답을 대랴.

평양 바닥의 남자란 남자들은 답을 알아내어 송이를 한번 보려고 하니, 한 사람이 열 사람에게 물어보고 열 사람이 백 사람에게 묻는다. 송이의 문제를 두고 오입쟁이 한량이나 그렇지 않은 사람이나 중이 나무아미타불 외듯 글을 외었으나 아무도 맞히는 자가 없다.

대개 기생 어미란 나룻배 부리는 사공과 같아 한 번이라도 더 타도록 부리고, 한 사람이라도 더 들도록 부리기를 좋아한다. 하물며 비싼 돈을 주고 몸을 샀는데, 첫 개시부터 형편이 이러하니 송이가 봉이 아닌데 잘못 보고 데려온 게 아닌가 하여 불쾌한 생각도 들었다. 하지만 송이의 글씨와 그림이 제법 유명하여 이것을 사 가는 값만 해도 적지 않으므로 군소리를 못한다. 기생 어미가 속으로 생각하길,

'서화를 받아 가는 공전이 이와 같이 많으니, 글귀를 풀어내는 사람이 있어 한 번 머리를 얹어 주면 그 후로는 생기는 것이 적지 않을 터인데, 평양 바닥에 이렇게 글하는 사람이 없나?'
하고 은근히 답 맞힐 사람을 기다린다.

한편 장필성은 김 진사가 서울서 내려오면 혼인을 하려니 고대했는데, 김 진사가 내려온 뒤 이 말 저 말 없이 집안이 모두 서울로 이사 갔다는 소리를 듣고 낙심천만했다.

'사람의 속은 알 수가 없구나.'

마음을 단단히 먹고 다 잊으려 했지만, 가끔 채봉이 보낸 답시를 꺼내 보며 괴롭고도 그리운 마음을 이기지 못하고 있었다. 그러던 어느 날, 한 친구가 와서 송이란 기생이 낸 문제를 얘기한다.

"한번 생각해 보게. 이런 시가 혹 있기는 한가?"

장필성이 그 시를 보니, 전날 김 진사 집 후원에서 취향이 전해 주던 채봉의 시라. 한참 들여다보다 홀로 생각한다.

'세상에 알 수 없는 일도 있구나. 이 글은 나와 채봉이 말고는 알 사람이 없는데, 어찌하여 이 글이 기생의 방에 붙었으며 그 기생은 어떠한 계집이기에 글 푸는 사람을 찾는가. 내 한번 까닭을 알아보리라.'

그러나 짐짓 겉으로는 모르는 체하며,

"글쎄, 아무리 생각해도 알 수 없네그려."
하고 친구를 보낸 뒤, 곧장 송이의 집으로 달려가 기생 어미를 찾는다. 기생 어미 밤낮 이 일로 걱정하다가 글귀를 알아내겠다는 사람이 왔다는 소식에 기쁨을 이기지 못해 쫓아 나갔지만, 의복이 초라한 사람이라 마음에 차지 않아 장필성을 유심히 본다.

"한 번도 뵌 적이 없사온데, 댁은 누구십니까?"

"나는 대동문 밖에 사는 장 서방이오."

기생 어미가 장필성을 데리고 들어오는데, 장필성은 뒤에 서고 기생 어미는 앞에 서서 송이의 방 앞에 이른다. 기생 어미가 곧이어 송이를 부른다.

"송이야, 대동문 밖에 사는 장 서방님이 글귀를 풀이하마 하셨으니 청하여 들어 보아라."

송이는 적적하게 앉아 붓으로 매화와 난초를 그리고 있다가 대동문 밖 장 서방이라는 말을 듣고 놀란 마음 불에 덴 듯 뜨끔한다. 드디어 정인을 만나 제 소원을 이루게 되었으나, 지난 일을 생각하고 오늘을 생각하니 분하고 서러운 생각이 드는 까닭이다. 송이가 떨리는 목소리를 애써 감추고,

"그러면 들어오시라고 하세요."

기생 어미가 장필성을 돌아보며,

"이리 들어오셔서 말씀하세요."

장필성이 방 안으로 들어서며 아랫목에 앉은 기생을 보니 하늘 아래 둘도 없는 김 진사의 딸이요, 문 위에 붙인 글을 보니 분명한 채봉의 필적이다. 송이가 눈길을 넌지시 들어, 들어오는 장필성을 보니 하

- **공전(工錢)** 물건을 만들거나 어떤 일을 하는 데 드는 품삯.
- **낙심천만(落心千萬)** 바라던 일을 이루지 못하여 마음이 몹시 상한 상태를 이른다.

늘 아래 둘도 없이 그리던 임이라. 서로 말문이 막혀 한참 앉아 있다가 송이가 아니 나오는 목소리를 억지로 쥐어짜서,

"글귀를 푸신다니 말씀하세요."

하니 이는 기생 어미가 보는데 감히 아는 척을 하지 못해서이다. 장필성이 그제서야 송이를 바라보고,

"내 성심껏 말해 보겠지만 자네 생각과 맞을는지……."

하며 글귀를 수건에 써서 주니, 송이 눈에 눈물이 그렁그렁하다. 송이가 얼굴을 겨우 들어 기생 어미를 쳐다본다.

"장 서방님이 맞히셨습니다."

기생 어미는 그동안 오래 기다린 터라 맞힌 것만 다행히 여기고 아무 내력을 모른다. 두 사람의 마음은 두 사람이 알 뿐이다. 장필성은 채봉이 무슨 일로 기생이 됐는지 궁금했지만 묻지 못하고 무료하게 앉아 있는데, 송이가 기생 어미를 보고,

"어머니, 오늘은 장 서방님을 모시고 잘 터이니, 뜨뜻한 장국이나 장만하여 주세요."

하니, 기생 어미는 급히 나가서 장국을 마련하며 속으로,

'장 서방이 넉넉지 못한 모양인데, 마수걸이에 허탕이 아닐까? 오냐, 그래도 관계없다. 이제부터는 송이가 오입을 개시할 터이니 봉을 하나 잡았구나.'

하고 장국을 장만하여 겸상을 해서 들여놓는다.

"세상에 글이라 하는 것이 보배올시다. 글 아니면 오늘 장 서방님께서 저런 꽃 같은 기생의 머리를 어찌 쪽 지어 주시겠습니까?"

송이는 부끄러워 고개를 숙이고 얼굴이 빨개진다. 겨우 진정하고 겸상한 장국 한 그릇을 바닥에 내려놓으며,

"서방님은 지난 일을 잊으셨는지 모르되, 첩은 비록 몸은 기생이 되었으나 조금도 더럽힌 일이 없습니다. 더럽다 마시고 장국을 드신 후 저와 같이 잠자리에 드셔서 가약을 맺도록 하옵소서. 첩의 몸이 이렇게 된 사연은 이따가 말씀드리오리다."

하니, 장필성은 송이가 내려놓은 장국 그릇을 다시 올려놓으며 말한다.

"지난 일을 말할 것 없이, 그대가 이렇게 된 것은 모두 나의 불행이네. 정다운 얘기는 이따가 하겠지만, 이제는 신분 예의범절을 벗어 버리고 같이 먹세."

송이는 구슬 같은 눈물이 떨어지는 것을 막지 못하고, 억지로 두어 젓가락 먹은 후 상을 물리고 밤을 맞는다.

때는 춘삼월이라 만물이 피어나 온 세상에 따사로운 기운이 넘치고, 밝은 달은 비단 창을 낮같이 밝히고 동산에 우는 두견새는 서로 화답하나, 사람 마음은 오히려 심란하다. 두 사람은 예전에 후원에서 꿈결같이 만난 뒤로 마음속으로 늘 그리워하다가, 이같이 마주 앉기가 오늘이 처음이다. 채봉이 생각하기에 그때는 달빛 비치는 별당 후원에서 규수의 몸으로 만났지만 오늘은 기생집에서 기생의 몸으로 임을 대하니, 사모하는 마음은 여전하지만 상대방의 생각이 어떤지 알

• **마수걸이** 맨 처음으로 물건을 파는 일. 또는 거기서 얻은 소득.

• **가약(佳約)** 아름다운 약속. 부부가 되자는 약속.

수 없어 걱정스런 마음에 말 못하고 한참을 그저 앉아 있었다. 이윽고 장필성이 먼저 입을 연다.

"전에는 규수라 함부로 말을 못했지마는, 오늘은 기생 송이로 대접할 수밖에 없네. 그래 어찌하여 기생의 몸이 되었는가?"

이 말을 들은 송이는 슬픈 마음이 북받쳐 올라 뜨거운 눈물을 치맛자락에 뚝뚝 떨어뜨린다. 장필성은 송이의 마음을 짐작하고 측은하고 가엾은 생각이 들어 위로한다.

"여보게, 자네 몸이 오늘 비록 기생이 되었으나, 전날 후원에서 맹세한 마음은 조금도 변치 않았네. 무슨 일로 이같이 됐는지 이야기나 해 보게."

송이는 수건으로 눈물을 씻고,

"서방님께서 이처럼 말씀하시니 더욱 몸 둘 바를 모르겠습니다. 첩이 전날에는 규중처녀라 배필로 인정하셨겠지만 이제 기생의 몸이 되었사오니 어찌 배필로 알아주시겠습니까? 몸은 비록 깨끗하게 지켰지만 누가 알아주겠습니까? 정절이라 하는 것은 여자의 목숨보다 귀한 것을 첩인들 모르오리까. 몸이 죽을 지경에 들었는데도 죽지 아니함은 죽어도 잊을 수 없는 임을 보기 위함이었습니다. 또 첩은 비록 부모로 인해 기생으로 팔렸사오나, 몸이 일만 번 죽어 없어지더라도 수절 두 글자를 지킬 것이니, 버리지 마시고 거두어 주옵소서."

"염려 말게. 자네 마음이 이러할진대 나도 정남 두 글자를 저버리지 아니할 것이네. 또 비록 자네의 몸이 잠깐의 액운으로 이같이 되었으나, 변치 않은 마음은 아는 바이니, 나는 자네를 정처로 맞을 것이네.

다만 한 가지 걱정은 내 집안 형편이 어려워 자네 몸을 빼낼 도리가 없는 것일세."

"그것은 염려 마세요. 첩이 형편을 보아 차차 힘써 보겠습니다."

처음에는 서로 서먹서먹하여 자세한 말을 못하다가 이같이 얘기가 오가니 하룻밤 새 몇 십 년을 산 부부같이 정다워졌다.

"대체 무슨 일로 이렇게 되었단 말이오? 나는 처음에 서울로 이사했단 말을 듣고 사람의 속은 알 수 없다고 한탄했소."

"처음에 서방님께 말씀드리지 않은 까닭은 서방님의 마음을 몰랐기 때문입니다. 하지만 이제는 무슨 말을 못하리까?"

하고 김 진사가 서울서 내려와 하던 말이며, 이 부인이 처음에는 반대하다가 호강한다는 말에 마음이 변해 서울로 자기를 데리고 올라가던 일, 몰래 취향과 약속하고 만리교 주막에서 밤중에 도망한 일이며, 김 진사 내외가 도적을 만나 재산을 다 잃고 서울로 갔다가, 허 판서가 오천 냥을 마련해서 내놓든지 딸을 찾아오든지 하라며 김 진사를 가둔 일, 할 수 없이 아버지를 빼내려고 몸을 팔아 돈을 올려 보낸 이야기를 다 하니 한숨이 절로 나온다.

"어머니께서 돈을 가지고 올라가신 지 달포가 지났는데 아직도 소식을 몰라 걱정입니다."

사랑하는 임을 만나 맺힌 회포를 풀고 나니, 부모 생각이 다시 나서

- **정남**(貞男) 숫총각. 이성과 관계하지 아니하여 동정(童貞)을 지킨 남자.
- **정처** 아내를 첩에 상대하여 이르는 말로 정실(正室)이라고도 한다.

흐르느니 눈물이라.

"나는 그런 줄도 모르고 분하고 야속한 생각을 했었네."

밤이 깊도록 온갖 정겨운 얘기를 다하고 촛불을 끈 후 금침에 들어가니, 한 쌍의 원앙이 맑은 물에서 노니는 것 같다.

꿈같은 시간이 흘러 사흘을 지낸 후, 송이가 돈 백 냥을 장필성에게 내주며,

"화채라 하는 것을 아니 줄 수 없사오니, 이 돈을 기생 어미에게 주시고 내일 또 오시옵소서."

장필성이 받아 가지고 있다가 기생 어미를 불러 돈을 주니, 기생 어미 처음에 장필성의 초라한 차림새를 보고 화채를 생각지도 않고 있다가, 천만뜻밖에 돈을 받고는 크게 기뻐하며 이후로 장필성이 매일 와도 조금도 싫은 기색 없이 융숭하게 대접한다.

하루는 어떤 소년이 들어와 놀고 간다 하기에 기생 어미가 좋다 허락하고 송이에게 말하니, 송이가 펄쩍 뛰며 급히 돈 삼백 냥을 내놓는다.

"아이고 어머니, 장 서방님께서 아까 가실 때 한 달만 더 머물겠다 하시며 어머니 나가신 사이에 주고 간 이 돈을 진작 드렸어야 했는데 이를 어쩌나……. 선후 차례가 있으니 지금 오신 양반은 물려 주세요."

기생 어미는 돈을 보더니,

"아무렴, 차례가 있지. 나는 그런 줄을 몰랐구나."

• **화채(花債)** 기생, 창기와 관계를 가지고 그 대가로 주는 돈으로, 해웃값이라고도 한다.

하고 돈 삼백 냥에 입이 벌어져서 그 손님을 돌려보낸다.

이날부터 장필성과 송이는 한 달을 같이 지낸다. 송이가 돈을 얼마씩 장필성에게 주어 용돈을 쓰게 하니 기생 어미는 자기에게 돌아오는 것이 있어 더욱 좋아한다. 이리하여 사랑은 날로 깊어지나, 가난한 처지에 돈은 점점 없어지고 몸을 빼낼 길이 막막해서 걱정만 늘어간다.

기방 풍경 2

기생집을 찾다

조선 시대의 기생은 대부분 관청에 속해 있었지만, 조선 후기로 오면서 기방을 열어 장사를 하는 경우가 많아졌습니다. 조선 후기 기방은 기생 한 명에 서로 알지 못하는 여러 무리의 손님들이 동석할 수 있었는데, 이런 기방에 상호는 없지만 송이집, 산홍이 집 등 기생의 이름을 따서 불렀습니다. 당시 기방 풍경을 둘러볼까요?

전모 햇볕이나 비를 가리기 위해 기생들이 주로 썼다.

가리마 조선 후기에 관기나 궁중의 의녀, 침선비, 무수리 들을 일반 부녀자와 구별하기 위해 쓰게 했다. 내의원 의녀는 검은 비단으로 만든 가리마를 쓰고, 나머지는 검은 베로 만든 가리마를 썼다.

짧은 저고리 저고리는 임진왜란 이후 점점 짧아지기 시작하여 조선 후기에는 겨드랑이가 보일 정도까지 짧아졌다. 저고리가 짧아지면서 저고리와 치마 사이의 살을 가리기 위해 생겨난 것이 넓은 허리띠이다. 이 허리띠에 갖가지 화려한 수를 놓아 장식했다.

장옷 또는 쓰개치마 기생은 내외법을 적용받지 않았으므로 외출할 때 얼굴을 가리지 않아도 되었고, 장옷이나 쓰개치마는 미적인 효과를 위해 착용했다.

각종 장신구 금, 은, 구슬, 옥으로 된 노리개와 각종 장신구로 치장했다.

긴 곰방대 긴 담뱃대는 원래 양반의 권위를 상징했는데, 기생들은 이것을 지님으로써 양반을 상대하는 계층임을 드러냈다. 18세기 유럽에서도 귀족 여성들이 가늘고 긴 담뱃대로 섹시함과 우아함을 표현했다.

버선 18세기부터 맵시를 내느라 작아졌는데, 기생 버선은 일반 아녀자의 것과는 달리 발뒤꿈치 곡선을 눅여서 신고 벗는 데 편하게 만들었다.

신 수를 놓은 가죽신.

치마 및 속옷 치마 밑에 여러 속옷을 입어 하체를 풍성하게 했고, 여성적인 매력을 드러내고자 일부러 속옷이 보이게 했다.

기생을 일러 '해어화(解語花)'라고 합니다. 이는 '말을 알아듣는 꽃'이라는 뜻이지요. 기생들은 천민 신분이지만 상류층 남성들을 상대했기 때문에 춤과 노래뿐만 아니라 서화나 시 등 예술적인 소양을 기본적으로 갖추어야 했습니다. 특히 서울의 기생은 각 지방에서 뽑혀 와서 궁중의 음악과 무용을 맡아보는 관청인 장악원에 소속되어 노래와 춤을 교육받았고, 이후에 궁중에서 여는 잔치에 동원되었습니다. 그래서 고급 기생일수록 수청을 드는 일보다는 가무를 주업으로 했습니다.

조선 후기에는 기생의 수가 점차 많아져서 일패, 이패, 삼패로 등급을 나누었습니다. 가장 좋은 대우를 받은 일패가 '기생'인데, 가무를 익혀 상류 사회의 연회에 참석하던 관기의 전통을 계승한 상층 기생들이었습니다. 이패는 기생과 구별해서 '은근자'라 불렸는데, 기생 출신으로 남몰래 매춘을 한다고 해서 이렇게 불렸습니다. 마지막으로 삼패는 매춘 자체만을 업으로 삼는 '탑앙모리'인데, 손님 앞에서는 잡가만 부르고 기생과 같은 가무는 하지 못하도록 금지했습니다.

평양 감사의 구원

괴로움이 다하면 좋은 일이 오는 것은 인간사의 이치라. 이때 평양 감사로 내려온 양반은 당시 명망이 조야에 자자한 이보국이라는 인물이다. 나이 여든에 안 지낸 벼슬이 없었는데, 무슨 인연인지 평양 감사만은 못 지내다가 평양 경치가 좋단 말을 듣고 경치도 구경할 겸 을밀대(乙密臺) 아래에 집을 크게 짓고 평양 감사로 내려왔다.

하루는 이 감사가 송이라는 기생의 글씨와 그림이 뛰어나다는 말을 듣고 만나 보려 부르니 송이가 감사의 부름을 받고 속으로,

"옳다! 오늘이야말로 이 구렁을 벗어나리로다."

하고 즉시 이 감사의 부름에 응한다. 이 감사가 송이를 보고 붉은 얼굴에 백발을 어루만지며,

"오, 네가 송이로구나. 들으니 네가 글씨와 그림에 뛰어나다고 하던

데 과연 그러하냐?"

송이가 두 손을 마주 잡고 공손히 하는 말이,

"변변치 못한 것을 그렇게 물으시니 몸 둘 바를 모르겠습니다."

"내가 친히 보고 싶구나."

하며 문방사우를 내어 놓는데, 남포산 벼루, 산호로 만든 연적, 질 좋은 붓에, 비단결 같은 종이라. 송이가 마지못해 섬섬옥수로 붓대를 잡고 먹을 진하게 갈아 종이 위에 글씨를 한달음에 쓰니 한 글자 한 글자가 주옥같이 빼어나다. 이 감사 감탄하는 눈으로 글씨를 본다.

"과연 헛소문이 아니로구나. 글씨의 모양과 너의 품행을 보니 기생될 아이는 아닌데, 어찌하여 이렇게 되었느냐?"

이 말을 들은 송이는 감사가 인자하고 넓은 도량으론 자신을 도와줄 듯해 반가우면서도 한편 옛날 일이 떠올라 창자가 끊어지는 것 같다.

"첩은 본래 성 밖에 살던 김 진사의 딸로 양가의 규수였는데, 부모의 빚을 갚으려고 스스로 몸을 팔았나이다."

"허허, 가히 효녀로구나. 그러면 너는 원래 천인의 자식이 아니란 말이냐? 너의 부모는 도대체 어디 있으며, 무슨 빚이 있단 말이냐?"

송이가 안색을 가다듬고 김 진사가 서울로 벼슬 구하러 간 일과 모친이 내려와 빚 걱정하던 일, 부득이 몸을 팔아 돈을 마련한 일을 대

- **조야(朝野)** 조정과 민간을 통틀어 이르는 말.
- **문방사우(文房四友)** 종이, 붓, 먹, 벼루의 네 가지 문방구.
- **섬섬옥수(纖纖玉手)** 가냘프고 고운 여자의 손을 이르는 말.

강 말하니 이 감사가 감탄해 마지않는다.

이때 이 감사는 나이가 많아 시력이 약해져서, 많은 공사(公事)를 일일이 볼 수 없었고, 아전들더러 글을 보고 대강 뜻을 말하게 하여 일을 처리하고 있었다. 그러나 항상 미덥지 못해 마음에 들지 않는 터였다. 감사가 생각하되,

'저 기생이 글솜씨가 뛰어날 뿐만 아니라 나이가 어리니 문자를 보게 하면 남자보다 꼼꼼할 것이요, 또 내가 제 몸을 액운에서 건져 주

면 은혜에 감동하여 정성껏 일을 할 것이니, 저 아이를 곁에 두고 일을 거들게 해야겠구나.'

하고 좌석을 조용히 하고 송이를 불러,

"애야, 내가 눈이 어두워 문서가 들어와도 친히 읽지 못하니 네가 내 눈이 되어 문자를 살펴 주면 어떻겠느냐? 내 곁에 있으면 네 부모를 만나기도 자연 쉬울 것이고……."

송이가 그 말을 듣고 기뻐 어쩔 줄 몰라 날듯이 일어나 절을 한다.

"저같이 천한 기생을 불쌍히 여기사 바다와 같은 은혜를 베풀어 주시니, 백골이 진토되어도 잊지 못할 것입니다. 하오나 몸값이 있어 받들어 모시지 못하겠나이다."

"내가 너를 부리고자 할 때는 몸값을 주고 데려오는 것이지 그저 데려올 리가 있느냐? 대관절 몸값이 얼마란 말이냐?"

"본전이 육천 냥이올시다."

"오냐, 그건 걱정 마라."

즉시 사령을 시켜 기생 어미를 불러들여 돈 칠천 냥을 내어 주며,

"송이를 내가 부리고자 하여 본전에 천 냥을 더 주는 것이니, 네 마음은 어떠하냐?"

기생 어미의 생각에 손해 보는 것 같으나 어찌하리오.

"몸값을 아니 주셔도 바치라 하시면 거역 못할 터이온데, 하물며 돈

• **아전(衙前)** 조선 시대에 각 관아의 벼슬아치 밑에서 일을 보던 사람.

을 더 보태 주시니 무슨 잔말을 하오리까."
하고 칠천 냥을 받아 가지고 나온다.

그 후 송이는 감사가 있는 별당 건넌방에서 혼자 거처하며 감사의 명령에 따라 여러 가지 일을 돕는다. 기생을 면한 것은 다행이나, 밤낮으로 잊지 못하는 것은 부모의 소식과 장필성이다. 이 감사가 보는 앞에서는 감히 그 기색을 드러내지 못하나 혼자 있을 때에는 탄식이 그치지 않는다.

장필성은 송이의 소문을 듣고 참으로 다행이라 여기나, 송이가 있는 별당은 사람 출입을 일절 금하니, 다시 만날 길이 없어 초조하다. 그렇게 지내다가 드디어 한 계책을 생각해 낸다.

'나도 감사 옆에서 공사를 보는 관속이 되면 채봉을 만나기가 쉬우리라.'
하고 여러 방면으로 주선을 하던 중, 마침 감사가 문필 있는 이방을 구한다는 말을 듣고 그 방면으로 힘을 써 이방이 된다. 그렇게 감사를 뵈오니,

"가히 훌륭한 인재로다. 필성아, 이방이라 하는 것은 윗사람을 모시고 아랫사람을 대하는 책임이 중대하니, 아무쪼록 정성을 다하여 백성들이 불편 없도록 잘 거행하거라."

장필성은 공손하게 감사의 명을 받들고 이후로는 공사 문서를 가지

* **관속(官屬)** 지방 관아의 아전과 하인을 통틀어 이르던 말.

고 매일 관가에 드나든다. 그러나 송이의 소식을 알고자 해도 별당이 깊고 깊어, 가까이 있어도 천 리와 같다.

한편 송이는 감사가 공사에 쓸 것을 주면, 쓰라는 것은 쓰고 빼라는 것은 빼면서 별당에 머물고 있었다. 하루는 채봉이 문서 한 장을 보는데 장필성의 글씨가 분명하다.

'이상하다. 글씨가 서방님 필체와 같으니, 혹시 관가에 드나드시는 일이 있나?'

하고 속으로 생각하다가 감사에게 묻는다.

"요사이 공사 문서 들어온 것을 보면 전과 글씨가 다른데, 이방이 바뀌었습니까?"

"장필성이란 사람을 새로 들였다. 네가 보기에도 글씨를 잘 썼느냐?"

이 말을 듣고 송이가 뛸 듯이 기뻐서,

'어떻게 하면 한번 만나 볼까? 만나지 못하면 편지라도 띄울까? 사람을 시키자니, 만일 대감이 아시면 무슨 죄를 내리실지 몰라…….'

하고 기회를 기다리나 때가 쉽게 오지 않는다. 이렇게 안타까워하며 서로 글씨만 보고 그리워하기를 어느덧 반년이라. 그리움이 사무쳐 서로 상사병이 날 지경이다.

애절한 사랑의 노래, 추풍감별곡

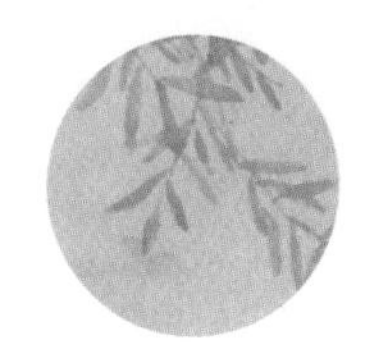

때는 구월이라 보름 달빛은 은은하게 창을 비추고, 공중에 외기러기는 끼룩끼룩 울면서 짝을 찾아 날아가고, 동산 소나무 가지 위에 두견새 슬피 우니, 무심한 사람도 마음이 허전해지는 이런 밤에, 임 그리며 독수공방하는 마음이야 오죽할까.

송이는 모든 괴로움을 잊어버리려고 책상머리에 고개를 묻고 잠깐 졸다가 기러기 소리에 놀라 눈을 뜨니, 남창에 비치는 달빛은 방 안에 가득하고, 쓸쓸히 지는 낙엽 소리는 마음을 흔들어 놓는다. 사랑하는 임 생각을 떨치려 해도 그리움은 가슴 가득 차올라 눈물로 솟아난다. 송이가 창을 가만히 열고 달빛을 쳐다보며 탄식한다.

"달아, 너는 내 마음을 알리라. 작년 이맘때 뒷동산 밝은 달 아래 우리 임을 만났더니, 너는 다시 보건만 임은 어찌 못 보는가. 심양강의

거문고 타던 여인은 만고문장 백낙천을 달 아래 만날 적에 마음속에 있는 한없는 사연을 세세히 다 말했건만 나는 임을 곁에 두지 못해 말할 데가 없구나. 이 사무치는 그리움을 종이 위에 쓰리라."

벼루를 꺼내고 먹을 갈고 질 좋은 붓에 먹물을 듬뿍 묻혀, 비단결 같은 종이를 책상 위에 펼쳐 놓고 섬섬옥수로 붓대를 곱게 쥐고, 긴 한숨 짧은 탄식에 맥없이 앉았다가 고개 들어 가을밤 밝은 달을 두세 번 우러러보더니 서두에 '추풍감별곡(秋風感別曲)' 다섯 자를 쓴다. 애절한 사랑이 그리움이 되고, 그리움이 사무쳐 노래가 되고, 노래가 글이 되어 붓끝을 따라오니, 붓대가 쉴 새 없이 내려가 가슴을 저미는 사랑의 노래를 읊는다.

어젯밤 바람 소리 가을빛이 완연하다
외로운 잠자리 임 만난 꿈에 깨어
죽창을 반만 열고 막막히 앉았으니
만 리 장공에 여름 구름이 흩어지고
천년 묵은 강산에 찬 기운 새로워라
심사도 구슬픈데 풍경도 서글프다
뜰 앞 나무에 부는 바람 이별의 한을 알리는 듯
국화에 맺힌 이슬 이별의 눈물을 머금은 듯
남문 밖 쇠잔한 버들에 꾀꼬리는 이미 돌아가고
달 밝은 산마루에 가을 잔나비 슬피 운다
임 이별하고 썩은 간장 하마 하면 끊기련만
봄날에 즐기던 일 옛날이런가 꿈이런가

가랑비 뿌리는 쓸쓸한 창가에 사무치는 깊은 정은
달 밝은 밤 속삭일 때 백년 살자 굳은 언약
모란봉 높고 높고 대동강 깊고 깊어
무너진 줄 몰랐으니 끊어진 줄 알았으랴
좋은 때에 불행이 많음은 예로부터 있건마는
땅은 가깝고 사람은 머니 조물주의 탓이로다
홀연히 부는 바람 꽃가지를 흔드나니
벌과 나비 아깝게도 흩어진단 말인가
진장에 감춘 호구 도적할 길 바이없고
금 새장에 잠긴 앵무새 다시 희롱 어려워라
지척이 천 리 되어 바라보기 아득하다
은하수 오작교가 끊겼으니 건너갈 길 막막하다
따뜻한 정 끊겼거든 차라리 잊혀지지
아름다운 자태 거동 눈가에 매양 있어
못 보아 병이 되고 못 잊어 원수로다
온갖 시름 가득한데 끝끝내 흐느껴라
하물며 이는 가을바람 심회를 부쳐 내니
눈앞에 온갖 것이 모두 다 시름이라

- **심양강의~말했건만** 당나라의 시인 백거이(白居易, 772~846)가 강주(江州)에 있을 때 심양 강가에서 비파 타는 여인을 알게 되어 그의 마음속 한없는 사연을 듣고 지은 노래가 유명한 장편 시 〈비파의 노래(琵琶行)〉이다. 여기서는 송이가 그 여인처럼 자신의 심회를 다 풀어내겠다는 뜻이다.
- **진장(秦帳)에 감춘 호구(狐裘) 도적할 길 바이없고** 중국 전국 시대 제나라의 맹상군이 진나라 사신으로 갔다가 잡혀 죽게 되자 왕의 애첩 행희에게 도움을 청했다. 이에 행희가 전에 진나라에 바친 흰 여우털 옷을 요구하자 맹상군이 부하를 시켜 이미 진나라 창고에 들어 있는 호구를 훔쳐 내어 행희에게 뇌물로 주고 살아났다. 여기서는 사랑하는 사람이 그 호구같이 남의 소중한 사람이므로 빼내기 어렵다는 뜻이다.

바람에 지는 낙엽 풀 속에 우는 짐승
무심히 듣게 되면 관계할 바 없건마는
이별의 한 간절하니 소리소리 수심이라
굽이굽이 맺힌 시름 어찌하면 풀쳐 낼고
아해야 술 부어라 행여나 시름 풀까
잔대로 가득 부어 취하도록 마신 후에
석양산 길로 을밀대 올라가니
풍경은 예와 달라 만물이 쓸쓸하다
능라도(綾羅島) 쇠한 버들 성긴 가지 허전하고
금수봉(錦繡峯) 꽃 진 나무 서리 맞아 잎이 한들거린다
인간의 변함을 측량하여 이를쏜가
가련히 눈을 들고 멀리 바라보니
마탄(馬灘)에 이는 물결 넓고 멀어 아득한 추억 같고
용산(龍山)에 늦은 경치 울울하여 복잡한 마음 같다
보통문(普通門) 송객정(送客亭)에 이별 아껴 설워 마라
초패왕의 장한 뜻도 죽기보다 이별 싫어
옥장 비가에 눈물을 지었으나
오강에서 자결할 때 울었단 말은 못 들었네
천지 고난 몇몇 해며 이별은 누구누구
세상 이별 남녀 중에 나 같은 이 뉘 있을까
수로문(水路門)에 뜨는 배는 향하는 곳 어디메뇨
온갖 시름 실은 후에 천리약수(千里弱水) 건너가서
우리 임 계신 곳에 수이 수이 풀고 지고
성 가에 늦가을 풍경 견디어 못 볼내라

긴 탄식 짧은 한숨에 굽은 난간 의지하니
바람결에 오는 종소리 묻나니 어느 절인고
짚신을 떨쳐 신고 삼가 일어나 걸어
영명사(永明寺) 찾아들어 중에게 물어보자
인간 이별 만드신 부처는 어느 탑에 앉아 계신고
임 그린 일편단심 차라리 죽어서
백골은 진토되나 혼령은 높이 날아
임 앉으신 난간 앞에 얼른 와 보리로다
다시금 생각하니 이 또한 숙명이로다
죽장을 고쳐 잡고 부벽루(浮碧樓) 올라 보니
들 밖에 점점 봉우리는 구름 속에 솟아 있고
청강에 흐르는 물 가을 하늘과 한 빛이라
이윽고 뜨는 명월 교교히 비치는데
그리운 상사(想思) 중에 임 얼굴인가 반겼더니
어이한 뜬구름이 밝은 빛을 가리었소
어와 이 웬일인고 조물주의 탓이로다
저 구름 언제 걷혀 밝은 빛 다시 볼까
송지문의 명하편을 길게 읊어 배회하니
늦가을 찬바람 소슬한데 취한 술이 다시 깼다

- **오강(烏江)에서 자결할 때 울었단 말은 못 들었네** 초패왕(楚霸王) 항우(項羽)는 진나라 말기에 유방과 천하를 놓고 다툰 부장으로, 유방과의 해하(垓下) 결전에서 참패하자 오강을 건너 고향으로 도망치기를 거부하고 죽음을 택했다.
- **송지문(宋之問)의 명하편(明河篇)** 송지문은 당나라의 시인 송연청(宋延淸)이며 명하편은 그가 은하수를 두고 쓴 시로 "밝은 은하수는 바라볼 수는 있지만 가까이 할 수 없다(明河可望不可親)." 하여 보기만 하고 갈 수 없음을 한탄했다.

낙엽을 깔고 앉아 술동이를 다시 열고
한 잔 한 잔 또 한 잔에 몽롱히 취했어라
짧은 탄식 긴 한숨에 발을 밀어 일어나 걸어
정처 없이 가는 길에 애련당(愛蓮堂) 들러 볼까
연꽃 가지 꺾어 쥐고 정답게 돌아보니
수면에 비친 꽃은 임이 나를 반기는 듯
연잎에 떨어지는 비는 내 심정 아뢰는 듯
짝지어 나는 갈매기는 물가에 왕래하고
짝지어 노는 원앙은 푸른 물에 자맥질한다
이 인생 가련함이 미물만도 못하도다
홀연히 다 떨치고 백마를 채찍 쳐서
산이나 구름이나 정처 없이 갈까 하니
내 맘이 산란하여 갈 곳이 아득하다
깊이 탄식하며 풀 길로 돌아오니
간 곳마다 뵈는 풍경 어이 그리 심란한고
울 밑에 피는 황국 담 안에 섰는 단풍
임과 같이 볼 양이면 경치 좋다 하련마는
이내 심사 울울한 중 도리어 수심 된다
무정세월 흐르고 흘러 나날이 깊어 가니
좋은 시절 때를 찾아 구월에 늦었세라
베개 밑에 우는 귀뚜라미 너는 어찌 내가 미워
지는 달 새는 밤에 잠시도 끊기지 않고
긴 소리 짧은 소리 시름 겨워 슬피 울어
조금 남은 간장 어이 마저 썩여 주오

촌닭도 더디 울어 밤도 사뭇 길었세라
서릿바람에 놀란 기러기 하늘에 높이 떠서
다정스런 긴 소리로 짝을 불러 슬피 우니
꽃 피는 봄밤에 소쩍새 소리도 슬프거든
오동잎 지는 가을밤 애달픈 때 차마 어이 들을쏜가
네 비록 미물이나 사정은 나와 같다
한 폭의 꽃 편지지 떨쳐 놓고 세세사정 그려 내어
외쳐 이르기를 이내 사정 가져다가
달 밝은 창가 쓸쓸한데 임 앞에 던져 주렴
나무나 돌이 아니거든 임도 응당 느끼리라
지리한 이별 생각할수록 끝이 없네
인연 없어 못 보는지 정이 많아 그러는지
인연이 없었으면 정이 많은들 어이하며
다정함이 없었으면 그리워한들 어이할까
연분도 없지 않고 정도 많건마는
같은 성안 남북촌에 어이 그리 못 보는고
오호(伍湖)에 달 밝은 때와 초산(楚山)에 비 내릴 때
임 만나 맺힌 심사 풀어내니 황연한 꿈이로다
끝없는 회포 억지로 참고 문을 열고 바라보니
무심한 뜬구름은 끊겼다가 다시 이어지네
우리 임 계신 곳은 저 구름 아래 있건마는
오며 가며 둘 사이에 무슨 강이 가렸건대
두 곳이 막막하여 소식이 끊긴단 말인가
둘 데 없는 이내 사정 어디다가 의지하리

벽 위에 그린 오동 억지로 내려놓고
봉구황(鳳求凰) 한 곡조를 한숨 섞어 길게 타니
남은 소리 흔들려서 원망하듯 한탄하듯
상여(相如)의 옛 곡조는 여전히 있건마는
탁문군의 맑은 지음 이제는 자취 없다
결연한 이 이별이 잊기도 어렵도다
전생 차생 무슨 죄로 우리 둘이 생겨나서
인생 백 년 얼마라고 동서로 떨어져 그리는고
옥황상제 이 마음 살피시어 이별 없기가 소원이로다
창힐(蒼頡)이 글자 만든 뒤에 가증한 이별 두 글자
진시황 분서할 때 어느 틈에 숨었다가
지금까지 전해 와서 내 일신에 병이 되는고
해주산 먹 흠뻑 갈아 황모필 덤썩 풀어
달에 매화, 풀, 대나무 그리기는 옳건마는
명월 사창 앞에 나는 무엇 그리는고
상사(想思) 두 글자 나를 위해 지었도다
푸른 바다 비친 달, 고개에 걸린 구름은 임 계신 곳 비추리라
심중에 무한한 시름 나 혼자만은 아니로다
가득 심란한데 해는 어이 쉬이 가노
잘 새는 둥지 찾아 무리무리 돌아가고
밤 풍경 쓸쓸한데 먼 데 나무 희미하다

• **탁문군(卓文君)의 맑은 지음(知音) 이제는 자취 없다** 중국 한나라 때 사마상여가 〈봉구황곡〉을 연주하여 과부인 탁문군을 유혹했는데, 마침내 탁문군이 사마상여를 찾아와 함께 도망쳤다.

깜박이며 흐르는 빛 시절 찾는 반디로다
적적한 빈방 안에 천연히 혼자 앉아
지난 일 풀쳐 내고 오는 시름 생각하니
산 밖에 태산이요 물 밖에 대해(大海)로다
구의산(九疑山) 구름같이 바라도록 멀리 난 데
애달프고 긴긴 가을밤 차마 어이 견딜쏘냐
아무쪼록 잠을 들어 꿈에나 보려 하니
원앙침 서늘하고 비취금 냉랭한데
새벽달 쇠잔한 등에 꿈꾸기도 어렵도다
한 자루 촛불 벗을 삼아 잠 못 이뤄 앉았으니
금강령 새벽달이 오경인 줄 깨닫게 하네
앉았다가 누웠다가 다시금 일어나 앉아
이리 헤아리고 저리 헤아려도 첩첩이 원수로다
고진감래는 이윽고 알건마는
황천이 감동하고 귀신이 알아주어
남교의 굳센 풀로 부부 인연 다시 맺어
소상강 어느 날에 고인을 다시 만나
봄바람 가을 달에 거울같이 마주 앉아
이런 일 저런 말씀 마음속에 넣어 두고
백 년이 다하도록 끝없이 즐기다가
아들딸 많이 낳고 한없이 지낼 적에
인심이 괴이하여 뉘라서 시비커든
추풍 오호 저문 날에 비단 돛을 높이 달고
가다가 아무 데나 산 좋고 물 좋은 데

정남향 제법으로 두세 칸 초가 지어내니
집터를 볼작시면 평생에 소원이라
용 모양 집터에 머리 숙인 앞산 더욱 좋다
푸른 솔은 울창하니 울타리 엮어 무엇하리
맑은 시내는 유유하니 우물 파 무엇하리
맛 좋은 샘에 비옥한 땅이로다 농사를 지어 보세
돌밭을 깊이 갈고 거친 음식 먹을망정
백 년이 다하도록 이별 없음이 소원이로다
다시금 생각하니 쓸데없는 이별의 한일세
이별 회한 산 같은데 괴로워 임 찾을 뿐이로다
손잡고 즐거이 임을 만나서 쌓이고 묵은 정을 풀고 지고
임 이별하던 날에 나는 어찌 못 죽었나
대천 바다 깊은 물에 풍덩실 빠지련만
지금까지 살아 있기는 부모와 정든 임 만날런지
하늘도 미워하고 조물주가 시기하는구나
목소리 귀에 쟁쟁 생각지 말자 해도 생각나고
태도가 눈에 암암 잊자 해도 잊혀지지 않는구나
상사에 중한 병을 어찌하면 고쳐 낼고
신농(神農)씨 다시 살고 편작이 부활한들

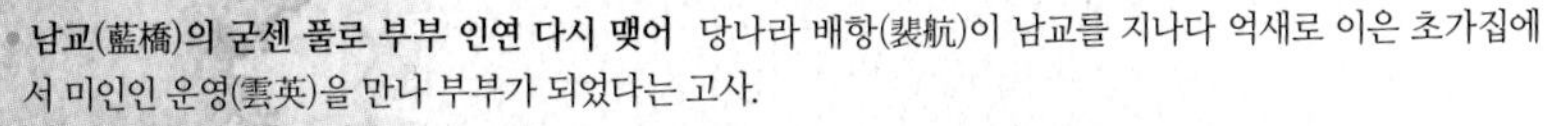

• **남교(藍橋)의 굳센 풀로 부부 인연 다시 맺어** 당나라 배항(裵航)이 남교를 지나다 억새로 이은 초가집에서 미인인 운영(雲英)을 만나 부부가 되었다는 고사.

• **추풍 오호(秋風五湖) 저문 날에 비단 돛을 높이 달고** 한나라 장한(張翰)이 가을바람에 고향이 생각나 벼슬을 그만두고 배를 타고 오강으로 돌아갔고, 월나라 범려가 오를 멸하자 벼슬을 내놓고 오호에 돌아간 것을 말한다.

상사에 깊은 병을 어이하여 고칠쏜가
상사에 곤한 몸이 침상 머리에 잠이 들어
그리던 우리 임을 꿈 가운데 잠깐 만나
희비가 뒤섞이고 이별 후 사정 못다 말했는데
뉘 집의 옥피리 소리 가을바람에 섞여 불어
처량한 한 곡조로 잠든 나를 깨우는구나

송이가 이렇게 절절한 마음을 써 내린 후에 붓대를 던지고 망연자실 앉았으니, 하늘이 비록 눈이 없어 보지는 못해도 어찌 그 애절함을 모르리오. 달이 벌써 중천에 떠올라 밤은 깊어 가고, 기러기 우는 소리만 정적을 깨뜨린다. 아득한 정신은 기러기 소리 따라 멀어지고, 울다 지친 송이는 책상머리에 엎드려 다시 깜박 잠이 든다.

생각이 깊으면 꿈이 되는 법이다. 꿈속에서 송이는 장주의 나비같이 두 날개를 펼치고 바람을 따라 하늘에 떠다니며 사면을 살피는데, 자나 깨나 잊지 못하던 장필성이 쓸쓸히 빈방에 앉아 전날의 답장을 내놓고 울고 있거늘, 송이가 들어가 마주 붙들고 울다가 우는 소리가 잠꼬대가 되어 아주 내쳐 운다.

사람이 늙으면 잠이 없는 법이다. 이 감사는 나이가 여든일 뿐 아니라, 한 지방의 수령이 되어 밤이나 낮이나 어떻게 하면 백성의 원성이 없을까, 어떻게 하면 나라의 은혜에 보답할까 하여 잠을 이루지 못하고 누웠는데 갑자기 송이 방에서 흐느끼는 소리가 들리니, 깜짝 놀라 속으로 짐작하길,

'지금 송이의 나이 열여덟이니 분명 무슨 곡절이 있으리라.'

하고 가만히 송이의 방에 들어간다. 창은 열려 있고 송이는 책상머리에 엎드려 누웠는데, 불 켜진 책상 위에 종이가 펼쳐져 있다. 종이를 집어 보니 '추풍감별곡' 다섯 자가 눈에 들어온다. 대강 보고 손으로 송이를 흔들어 깨우니, 송이가 깜짝 놀라 눈을 뜬다. 송이는 눈앞에서 있는 감사를 보고 어찌할 줄 몰라 급히 일어서는데, 이 감사가 종이를 말아 들고,

"송이야, 놀라지 마라. 비록 위아래가 있으나 내가 너를 친딸이나 다름없이 아끼니, 무슨 사정이 있거든 나에게 말을 해라. 마음속에 맺힌 것이 있으면 다 말해라. 나는 너를 딸같이 사랑하는데, 너는 나를 아비같이 생각지 않고, 무슨 괴로움이 있어 말 못한 채 이러고 있단 말이냐."

송이가 당황하여 어쩔 줄을 모르다가 겨우 입을 열어,

"소녀의 죄가 큽니다."

이 감사가 허허 웃고,

"너의 사정을 듣고자 하는 것이니, 마음에 있는 대로 다 말해라."

송이는 어쩔 줄을 몰라 식은땀이 나고 몸이 떨려 말을 못하고 섰는데, 이 감사가 또 말을 재촉한다.

• **장주(莊周)의 나비같이** 장주는 장자(莊子)의 본명으로 《장자》의 〈재물편〉에 장주가 꿈에 나비가 되어 즐기다가 깼는데, 장주가 나비가 된 꿈을 꾼 것인지, 나비가 장주가 된 꿈을 꾼 것인지 분간하지 못했다는 이야기가 실려 있다.

"이처럼 물어보시니 어찌 거짓을 말하겠습니까?"

눈물을 닦고 몸을 추스려 단정히 한 다음, 처음 후원에서 장필성과 글을 주고받았던 일에서부터 모친이 장필성을 불러 혼약한 일을 말한 뒤, 김 진사가 서울로 올라가서 벼슬을 구하려고 허 판서와 관계한 일이며, 허 판서의 첩 자리를 마다하고 장필성과의 약속을 지키기 위해 만리교에서 도망했다가 몸을 팔아 부친을 구한 일, 기생이 된 후에도 장필성을 잊지 않고 있다가 글을 통해 장필성을 만난 이야기를 다 한다.

"대감의 하늘 같은 은혜는 결초보은해도 잊지 못하겠나이다."

하며 다시 엎드려 운다.

이 감사는 송이의 등을 정답게 어루만지며,

"송이야, 송이야, 울지 마라. 네 사정이 그런 줄 몰랐느니라. 그러나 이제는 알았으니 어찌 네 소원을 못 풀어 주겠느냐. 이제 보니 장필성도 사정이 있어서 이방으로 들어온 게로구나. 내일은 장필성을 불러 만나게 해 주겠다. 눈물이라 하는 것은 사람 마음의 지극한 이슬이라. 그래서 억울하고 그리워도 눈물이 나는 것이요, 좋고 반가워도 눈물이 나는 법이니라."

송이는 이 감사의 정겨운 말을 듣고 다시 눈물을 떨군다. 그러다가 부모 생각이 새로 나서 다시 말을 한다.

"이렇게 보살펴 주시니 몸 둘 바를 모르겠습니다. 그러나 소녀의 부모가 소녀로 인하여 곤경에 빠졌는데 지금까지 소식을 모르오니 이것 또한 저의 한입니다."

이 감사가 이 말을 듣고 더욱 기특히 여겨,

"부모를 생각하는 마음은 가히 천심에서 나오는 것이로구나. 오냐, 그것도 급히 알아볼 테니 걱정하지 마라."

하고 안방으로 건너가 혼자 누워 〈추풍감별곡〉을 여러 번 들춰 보면서 칭찬하기를 그치지 않는다.

이튿날 이른 아침에 감사가 장필성을 부르니, 필성이 속으로,

'사또께서 일찍이 부르는 일이 없더니 무슨 일로 이같이 부르시나?'

이상하게 생각하며 감사께 문안을 올린다. 감사가 빙그레 웃으며 별당으로 들어오라 하기에, 필성이 더욱 이상히 여기고 따라 들어간다. 감사는 필성을 방으로 불러들여 앉히더니 송이를 부른다.

송이는 별당으로 들어오다가 필성과 눈이 마주치자 깜짝 놀라 꿀 먹은 벙어리처럼 앉았는데, 그 두 남녀의 마음을 누가 알겠는가. 감사의 앞이라 감히 반가운 기색을 못하니 그 곤경이 어떠할까. 감사는 껄껄 웃더니 장필성을 보며,

"필성아, 네가 송이를 보기 위해 천한 이방 일을 자원하고 들어온 지 예닐곱 달이 되었구나. 여태 못 만나 보다가 오늘에야 서로 만나니 기분이 어떠하냐?"

장필성이 더욱 놀라 어쩔 줄을 모르다가 일어서서 절하며 말한다.

"황공하오이다."

"내가 이제 네 사정을 알았으니 안심해라. 너희 둘을 앉히고 보니

• **결초보은(結草報恩)** 죽은 뒤에라도 은혜를 잊지 않고 갚는다는 뜻. 은혜를 입은 사람이 혼령이 되어 풀포기를 묶어 은인을 구해 주었다는, 중국 춘추 시대 진나라 위과(魏顆)의 고사에서 유래했다.

과연 천생배필이로구나. 네가 송이의 수건에 써 준 글처럼, 신랑 각시가 되어 신방에 든다는 언약이 깊었으니 혼인을 아니 시킬 수 없구나. 송이의 부모를 내려오게 한 뒤, 내가 중매하여 혼인을 꾸밀 것이니 그리 알아라. 오랫동안 서로 그리던 마음이 깊을 테니, 송이를 데리고 건넌방으로 가거라."

두 사람은 서로 반가운 생각이 가슴에 사무쳐 그리워하던 마음은 오히려 없어지고, 감사의 은덕에 감동하여 놀랍고 반가운 이야기만 한다.

"허허, 사또께서 우리 일을 어찌 아시고 이 같은 은덕을 내리시나. 대체 이게 어찌 된 일이오? 죽어도 이 은덕은 잊지 못하겠소."

"꿈속에서 서방님을 만난 것이 이렇게 생시에 뵙는 것이 되었습니다. 지난밤에 달빛이 하도 밝아서 마음속에 있는 바를 글로 지어 책상에 두고 깜빡 잠이 들었는데, 꿈속에서 서방님을 만났다오. 서로 붙들고 울었더니 그 잠꼬대하는 소리를 사또께서 들으시고, 저를 깨워 이리저리 물으셨소. 그리고 오늘 이같이 조처하셨으니, 이 은혜를 어찌하면 티끌만큼이라도 갚을까요?"

하고 송이가 쓰러지듯이 장필성의 무릎에 엎드리니, 그동안 마음에 쌓인 눈물이 끝없이 솟아난다. 이는 임 그리워 흘리는 눈물도 아니요, 부모를 생각하는 눈물도 아니요, 바다처럼 넓은 이 감사의 은덕에 감격해 흐르는 눈물이다. 장필성 또한 울음 반 웃음 반이 된 얼굴을 들어,

"우리 둘의 마음을 하늘이 아시고 이런 감사를 모시게 하여 하늘같은 은덕을 입게 됐구려."

하며 송이를 안고 울고불고하는데, 이때 동헌에서 공사를 시작하라는

소리가 길게 난다. 송이가 깜짝 놀라 급히 장필성을 일으켜 보내며,

"공사령이 내렸으니 어서 나가 보세요. 이제 우리는 원이 없거니와 부탁드리건대 은혜를 생각하여 공사에 더욱 힘써 주세요."

장필성이 웃으며 대답한다.

"부탁한 말 명심할 것이니, 하루바삐 장인, 장모 돌아오시도록 주선하오."

만덕산 늦은 안개가 햇살에 사라지듯, 얼굴에 가득하던 근심이 기쁨에 사라진다. 그날 감사는 공사를 시작하며 이방 장필성을 시켜 형조에 보낼 보고 문서를 쓰게 한 후, 김 진사를 빼내기 위해 급히 사람을 서울로 올려 보낸다.

• **형조(刑曹)** 조선 시대 육조(六曹) 가운데 법률, 소송, 형벌, 노예 따위에 관한 일을 맡아보던 관아.

사랑의 약속은 변치 않으리라

세상일의 귀하고 천함은 하늘에 달렸고, 기쁨과 슬픔은 돌고 돈다. 평양성 안에서는 한 소녀가 이러한 풍랑을 겪고 차차 좋은 운세를 맞이하지만, 오백여 리 밖 옥중에 갇혀 있는 김 진사는 이를 어찌 알며, 또 하늘 높은 줄 모르고 치솟던 허 판서의 세도가 곤두박질칠 날이 코앞인 것을 짐작이나 했겠는가.

한편 이 부인은 평양에서 채봉과 이별하고 서울로 올라가 돈 오천 냥을 허 판서에게 바치고 김 진사 풀려 나오길 손꼽아 기다리나 감감 무소식이다. 허 판서는 돈을 받은 뒤 과천 현감의 자리까지 빼앗고,

"양반을 속인즉, 딸마저 찾아와야 무사히 나가리라."

하니, 김 진사 기가 막혀,

"내 딸은 벌써 죽었으니, 나를 죽이든지 살리든지 대감 마음대로 하

시오."

하며 악을 쓰나 계란으로 바위 치기라. 허 판서가 더욱 노하여,

"아주 옥중 귀신을 만들리라."

하고 여전히 가두어 둔다. 이 부인이 생각하길,

'일이 이 지경이 되었으니 평양으로 내려가 채봉에게 말해도 소용없겠구나. 더구나 이제는 채봉이가 오고 싶어도 올 수 없으니, 죽으나 사나 여기서 끝을 보리라.'

하고 남의 집에 방을 얻어서 삯바느질을 하며 김 진사의 옥바라지를 한다.

하지만 얼마 안 되어 허 판서는 반역의 마음을 먹다가 발각되어 삼족이 멸하고 그 집안에 출입하던 사람들은 죄의 가볍고 무거움에 따라 각기 처벌되는데, 김양주는 죄가 무거워 목을 베이고, 갇혀 있던 김 진사는 우선 형조로 옮겨졌다. 마침 이때 평양 감사의 보고가 들어오니, 조정에서는 의심치 않고 김 진사를 무죄로 풀어 주었다.

김 진사가 하늘의 은혜에 감사하며 옥문을 나서니, 이 부인이 옥문 앞에서 기다리고 있다. 서로 반가워 붙들고 한바탕 통곡하는데,

"만일 채봉이가 아비만 믿고 허씨와 인연을 맺었더라면 어린 자식이 끔찍한 지경을 당했을 것이니, 기생으로 팔렸어도 죽은 것보다는 다행

- **삼족(三族)이 멸(滅)하고** 삼족에 대한 여러 가지 설이 있으나 부계(父系), 모계(母系), 처계(妻系)를 통틀어 이르는 말로 보는 것이 무난하다. 고대의 중국이나 우리나라에서는 어떤 사람이 큰 죄를 범하면 '삼족멸문지화(三族滅門之禍)'라고 해서 혈연의 삼족을 형벌에 처했다.

이오. 아무리 그렇다 해도 채봉이를 볼 낯이 없구려."

"이 역시 운수소관이라 사람의 힘으로는 어찌할 수 없나 보오. 지나간 일은 그만 탓하고 평양으로 내려가서 채봉의 몸을 빼낼 궁리나 합시다."

하고 즉시 길을 떠나 평양으로 내려간다. 산천 풍물은 그대로 있건마는 사람은 어찌 이다지도 달라졌는가. 불쌍한 채봉은 누구에게 몸을 의탁했는고.

김 진사 내외가 우선 취향이 집으로 찾아가니, 취향 모녀 반기며 인사를 한다. 김 진사는 먼저 채봉의 소식을 묻는다.

"아가씨는 잘 있느냐?"

"예, 잘 있습니다."

하고 그동안 봉선 어미 집에서 장필성을 만난 일이며, 이 감사가 몸값을 내고 데려간 일을 자세히 말한다. 김 진사 내외 이 말을 듣고 얼굴에 기쁜 빛이 가득하다.

"그러면 그간 아가씨를 보았느냐?"

"감사 댁에서 외부인은 남녀를 불문하고 들어가지 못하게 하여 뵙지 못했습니다."

김 진사 내외가 즉시 이 감사 댁으로 찾아간다. 이 감사가 이들을 오랜 벗처럼 반기며 별당으로 불러들여 송이를 만나게 하니, 그동안 맺힌 근심과 슬픔이 다 녹아 눈물이 되어 흐른다.

서로 마주 붙들고 한바탕 통곡한 후, 송이가 이 감사의 은덕으로 몸을 보존하고 장필성을 만난 일과 형조에 보고한 일을 자세히 말하니, 김 진사 더욱 놀라 일어나 절을 한다.

"대감의 높은 은혜는 죽어도 잊지 못하겠습니다."

이 감사 껄껄 웃으며,

"이는 고을의 관장으로서 떳떳한 일이라, 무슨 은혜라 하겠소. 사람의 귀하고 천함에는 분수가 있는 법이오. 헛된 명예를 바라면 패가망신하기 쉬우니 어린 자식을 생각해 뒷날을 조심하시오. 그대는 복이 많아서 송이 같은 딸을 두고 장필성 같은 사위를 보게 되니, 참으로 부럽구려. 오늘 송이를 내어 주니 서둘러 혼인을 올리고 가정을 편안케 하시오."

하고, 송이를 불러 집과 곡식을 내어 준다. 김 진사 부녀가 머리를 조아려 고마움을 표하고 물러 나온다. 그리고 좋은 날을 골라서 장필성을 맞아 혼례를 행했다.

그 뒤 이 감사는 장필성의 사람됨을 높이 사 나라에 천거해 당하관을 여러 번 지내게 했다. 아, 가슴을 울리는구나. 채봉의 슬픈 회포와 반가운 정이 지금은 과연 어떠할꼬.

- **천거(薦擧)** 어떤 일을 맡아 할 수 있는 사람을 그 자리에 쓰도록 소개하거나 추천하는 것.
- **회포(懷抱)** 마음속에 품은 생각이나 정(情).

채봉이와 필성이의 평양성 데이트

예로부터 평양은 우리나라 서북 지역의 중심지로, 전략적으로 중요한 위치에 있을 뿐만 아니라, 대동강 주변에 평야가 있어 식량이 풍부하고, 중국과의 교역으로 물자 또한 풍부했습니다. 게다가 산천의 경치가 빼어나 많은 문인이 시를 읊었고, '남남북녀'라는 말이 있듯이 아름다운 기생이 많기로 이름난 고장이었지요. 그럼 지금부터 데이트에 나선 채봉이와 필성이를 따라 평양성 구경을 해 봅시다.

普通門

평양성의 서쪽 문인 보통문(普通門)은 임진왜란 때 왜적이 성문을 열려고 하면 닫히고, 닫으려고 하면 열렸다고 해요. 불화살이 쏟아져도 불타지 않았다니, 정말 나라를 지키는 신령한 힘이 있나 봐요. 보통강 나루에는 손님 배웅하는 사람들이 언제나 가득했지요.

대동문(大同門) 옆 연광정(練光亭)은 평양 감사가 왔을 때 큰 잔치를 벌이던 곳이었습니다. 김황원이 아름다운 경치를 더는 표현할 길이 없어 두 구를 짓고 그만두었다는 시가 이곳에 걸려 있습니다.

긴 성벽 한쪽에는 늠실늠실 강물이요
넓은 벌 동으로는 점점이 산들일세

칠성문(七星門)은 이곳에 얽힌 아름다운 사랑 이야기 때문에 사랑의 문으로 불리기도 합니다. 평양성에 살던 돌범이와 시내는 사랑에 빠져 결혼을 언약했는데 시내의 아버지가 '칠성문을 드나들지 못하는 놈에게는 딸을 줄 수 없다.'며 이를 반대했습니다. 칠성문은 무예를 닦고 나라를 지키는 장수들이 많이 드나드는 문이었기 때문에 돌범이는 장수가 되기 위해 떠나지요. 전쟁까지 치르고 오 년 만에 돌아온 돌범이는 시어머니를 모시고 자신을 기다리고 있는 시내와 사랑을 맺게 됩니다

을밀대(乙密臺)는 높은 산에 있는 누대라서 평양성의 아름다운 경치가 모두 내려다 보인답니다. 대동강에 떠 있는 섬 능라도(綾羅島)도 보이네요.

모란봉 청류벽(淸流壁) 중턱에 있는 부벽루(浮碧樓)는 대동강 강물 위에 두둥실 떠 있는 것 같다 하여 붙여진 이름입니다.

대동문 밖 대동강에서는 봄이 되면 배를 띄워 놓고 봄놀이를 한답니다. 강물에서 바라보는 평양성의 모습을 감상할 수 있지요.

깊이 읽기

새로운 시대를 열어 가는 젊은 남녀의 사랑

함께 읽기

채봉처럼 자신의 사랑을 이루려면?

깊이 읽기

새로운 시대를 열어 가는 젊은 남녀의 사랑

● 근대 전환기에 나타난 새로운 고소설

조선 후기를 일컬어 '소설의 시대'라고 합니다. 그만큼 소설이 사람들에게 사랑받고 많이 읽힌 시대라는 뜻입니다. 조선 후기에 널리 읽힌 고소설들은 1920~1930년대에 이광수, 염상섭, 채만식 같은 소설가들이 현대 소설을 써서 신문에 발표한 시절에도 여전히 많은 사람의 사랑을 받았습니다. 이는 일본을 통해 들어온 서구 문학보다 우리의 전통적인 고소설이 대중의 취향에 더 가까웠기 때문이겠지요.

그렇다면 조선 시대 사람들은 소설책을 어떻게 읽었을까요? 조선 시대에는 글을 읽을 줄 모르는 사람도 많았는데, 그런 사람들은 소설을 즐길 수 없었을까요? 요즘에는 큰 서점도 많고 도서관도 많아서 책을 쉽게 구해 볼 수 있는데, 조선 시대에는 어땠을까요?

소설의 출판이 본격적으로 이루어지기 전에는 사람들이 소설의 내용을 손으로 직접 베껴 써 가며 읽었습니다. 책을 구하기가 어렵다 보니 이렇게 해야 소설을 두고두고 읽을 수 있었기 때문입니다. 어린 여자아이들은 소설책을 베끼면서 글씨 쓰기 연습을 하기도 했습니다. 이렇게 소설의 내용을 베껴서 책으로 묶어 놓은 것을 '필사본(筆寫本)'이라고 합니다. 하지만 글을 쓰지 못하거나 읽을 수 없는 사람들도 소설을 읽을 수 있었습니다. 왜냐하면 소설책을 전문적으로 읽어 주는 이야기꾼이 있었으니까요. 이렇게 소설은 손에서 손으로 입에서 입으로 전해졌습니다.

이런 방법으로 소설은 조선 시대에 널리 유행합니다. 소설의 인기가 갈수록 높아져 조선 후기에는 드디어 책을 상업적으로 출판하기 시작했는데, 그것이 '방각본(坊刻本)'입니다. 방각본이란 나무판에 글자를 새겨 먹을 묻혀 찍어 내는 것으로 소설책을 대량 생산한 방식입니다. 이때는 소설책을 빌려 주는 가게도 생겨났습니다. 《춘향전》,

《심청전》, 《홍길동전》, 《유충렬전》 등 18~19세기에 많이 읽힌 소설은 바로 이러한 방각본의 형태로 유통되었습니다.

1910년대에 근대적인 인쇄술이 도입되면서, 우리의 고소설도 방각본이 아닌 '구활자본(舊活字本)'으로 출판되기 시작했습니다. 구활자본은 울긋불긋하게 칠한 표지가 아이들의 딱지 같다고 해서 '딱지본'이라 불리기도 했고, 가격이 6전이어서 '육전 소설'이라 불리기도 했습니다. 구활자본 고소설은 방각본보다 더 많이 출판되고 더 많이 읽혔습니다. 그러다 보니 《춘향전》, 《심청전》 같은 옛날이야기 말고도 새로운 고소설들이 창작되었지요.

《채봉감별곡》도 그런 기세를 타고 1910년에 새롭게 등장한 고소설입니다. 1912년 신구서림에서 '추풍감별곡'이란 제목으로 출판됐으며, 여기에 실린 것은 1914년 박문서관에서 발행한 《채봉감별곡》입니다. 내용은 두 작품이 거의 같습니다. 《채봉감별곡》을 누가 썼는지는 비슷한 시기에 창작되었던 다른 고소설들과 마찬가지로 알 수 없습니다. 현대 소설에는 작가가 분명하게 밝혀지지만, 고소설의 작자들은 그렇지 않았지요.

고소설이라고 하면 아주 오래된 옛날이야기로 여기지만 그 당시만 해도 활자로 나온 고소설은 현대 소설과 동등했습니다. 오히려 《춘향전》, 《심청전》 같은 소설은 여느 현대 소설보다도 인기가 있어, 1920~1930년대의 베스트셀러였습니다.

이 시기의 고소설은 과거의 고소설을 그대로 흉내 내어 시대에 뒤떨어진 내용을 담지 않았습니다. 겉으로는 개화와 새로운 문명을 내세우지만 속으로는 봉건적인 사상을 드러내거나 외세를 추켜세우는 신소설보다 《춘향전》이나 《채봉감별곡》 등의 고소설이 훨씬 진취적인 모습을 보여 주기도 했습니다. 이 두 소설이 내세우는 여주인공들은 모두 순종적이고 소극적인 과거의 여성이 아니었으며 의지가 강하고 적극적인 여성이었지요. 평양을 배경으로 하는 《채봉감별곡》과 남원을 배경으로 하는 《춘향전》은 그런 의미에서 남북에서 짝을 이루는 작품이라 할 수 있습니다. 특히 애절한 사랑의 노래인 〈추풍감별곡〉을 뿌리로 하여 만들어진 《채봉감별곡》은 사랑을 이루기 위해 역경을 헤쳐 나가는 채봉의 당찬 모습이 눈길을 끕니다.

◎ 부패한 지배층의 횡포

이 작품은 조선 시대 말기, 세도정치가 극심했던 19세기를 배경으로 하고 있으며 부패하고 타락한 세도정치의 모습을 구체적으로 보여 주고 있어 흥미롭습니다. 순조, 헌종, 철종을 거치며 3대 60여 년간 지배한 안동 김씨 세도 정권은, 끊임없이 지속된 봉건 체제의 몰락과 상대적으로 성장한 민중 세력에 불안을 느낀 나머지 더욱 보수적인 성향을 고수하며 근대로 향하는 역사의 발전을 방해했습니다. 이들은 자기 가문의 이익을 위해 주요 관직을 독점했으며 이에 따라 부정부패, 매관매직을 일삼았습니다. 게다가 이들에게 벼슬을 산 수령들은 백성을 착취해서 그 비용을 철저히 충당했습니다. 결국 세도 정권의 등쌀에 시달리고 핍박받는 것은 힘없는 백성들뿐이었습니다.

작품 속에서도 채봉의 아버지인 김 진사가 돈을 싸 들고 벼슬자리를 사기 위해 서울로 올라가 당시 세도가인 허 판서에게 만 냥을 바치고 과천 현감 자리를 삽니다.

> "어, 매우 단정한 선비로군. 그래 어디 수령 하나 하기가 소원이라지? 우선 시험 삼아 조그마한 과천 현감을 해 볼까? 아닌 게 아니라 과연 과천이 좋긴 좋지. 울고 들어가서 웃고 나오는데……."

이는 과천 현감 자리를 팔면서 세도가인 허 판서가 하는 말입니다. 울고 들어가서 웃고 나온다는 것은 돈 만 냥을 내고 벼슬을 살 때는 아까운 마음이 들겠지만 임기가 끝날 때는 그 이상의 돈을 벌어서 나온다는 얘기입니다. 그 돈이 누구에게서 나올 것인가는 뻔한 일입니다. 두말 할 것도 없이 백성들이 내는 세금이지요.

우선 소설 속에서 악역을 맡고 있는 등장인물들 한 사람 한 사람을 살펴봅시다. 허 판서는 부패한 세도 정권, 봉건 지배층을 대표하는 인물입니다. 소설 속에서 김양주가 "허 판서 댁만 부지런히 드나들면 삼정승 육판서도 할지 모르니"라고 말할 정도로 대단한 세도가로 나옵니다. 이런 특권을 이용해 매관매직을 일삼으며 자신의 욕심을 채웠던 것입니다. 허 판서는 김 진사에게 과천 현감을 만 냥에 팔고 또 그 딸까지 빼앗으려 합니다. 그런가 하면 김 진사가 도적들에게 재산을 다 빼앗기고 빈손으로 돌아오자, 욕을 해 대며 김 진사를 옥에 가두어 버립니다.

> "이놈! 네 딸을 데려오든지 그렇지 않으면 돈 오천 냥을 마저 바치든지 해야 무사하리라. 이놈아!"

이런 허 판서의 모습을 통해 이 시대에 권세를 휘두르며 온갖 부패를 일삼았던 세도 정권 지배층의 모습을 짐작해 볼 수 있습니다.

다음으로 김양주는 세도가에 빌붙어 사는 교활한 인물입니다. 신분은 양반이지만 소인배에 시정잡배 같은 인상을 풍깁니다. 이 위인은 아첨 잘하는 소인으로 허 판서에게 제일 가까이 달라붙어서 양주 목사까지 얻어 하고, 벼슬 사고파는 데 일등 거간인 사람입니다. 세도가의 주변에 있다가 아첨을 잘하여 양주 목사까지 했고, 벼슬을 팔고 사는 것을 주선해 주어 엄청난 재산을 모았습니다. 권세가의 하수인으로 막강한 권력을 등에 업고 온갖 못된 짓을 일삼았음을 알 수 있습니다. 이런 사람을 두고 호가호위(狐假虎威)라고 하지요. 여우가 호랑이의 권력을 등에 업고 위세를 부린다는 뜻입니다.

김양주는 처음 김 진사가 서울에 벼슬을 얻으러 올라왔다는 말을 듣자마자 몰래 평양으로 사람을 보내어 김 진사의 재산을 알아본 다음 "옳다! 운수가 대통이라고 하더니 금맥을 하나 잡았구나!" 하고 좋아합니다. 물론 자신에게 돌아올 이득을 치밀하게 계산하고 하는 소리입니다. 이런 인물이 세도 정권의 하수인으로 지방관(地方官)에 파견됐으니, 백성들이 당한 고초가 얼마나 심했을까요?

채봉의 아버지인 김 진사는 부패한 지배층은 아니지만 부패한 지배층이 되고자 하는 사람입니다. 그래서 부패한 세도 정권에 빌붙어 돈으로 벼슬을 사는 행동이나, 딸을 세도가의 첩으로 주면서까지 호강을 하겠다는 파렴치한 행동을 서슴지 않고 합니다.

> 애초에 김 진사가 처음 서울에 왔을 때는 천금 같은 딸을 위해 좋은 사위를 얻어 낙을 보려는 마음이 먼저였다. 그런데 평안도 사람이 벼슬하기가 하늘에 오르는 것처럼 어려운 이 시절에, 천만뜻밖으로 줄을 잘 잡아 벼슬자리를 얻고, 또 이같이 허 판서의 농간에 놀아나다 보니 헛된 영예에 불같은 욕심이 나는지라. 혼자 생각하길, '채봉의 됨됨이가 녹록지 아니하여 팔자가 세니 재상의 첩이나 시켜 호강하게 하고, 나는 부원군 부럽지 않게 벼슬이나 실컷 얻으리라.'

김 진사는 이런 파렴치한 행동 때문에 나중에 호된 대가를 치를뿐더러 새로운 시대를 대변하는 자신의 딸을 볼 낯도 없어집니다. 새로운 시대의 흐름을 자각하지 못하고 무너져 내리고 있는 봉건적 윤리를 등에 업고 세도가와 결탁해 부귀공명을 누려 보자는 딱한 양반이 김 진사인 것입니다.

진취적인 젊은 세대의 도전

허 판서가 부패한 봉건 지배층의 모습을 대변하고 김양주나 김 진사가 여기에 빌붙어서 부귀공명을 누리고자 하는 파렴치한 인물이라면, 채봉과 장필성은 이에 도전하는 진취적인 젊은 세대라 할 수 있습니다.

우선 채봉은 김 진사의 외동딸로 고운 얼굴에 뛰어난 재주로 나무랄 데 없는 인물입니다. 다른 고소설의 여주인공과 마찬가지로 요조숙녀로 묘사됩니다. 하지만 장필성을 만나 사랑의 언약을 맺고부터 적극적인 여성의 면모를 보여 줍니다. 사랑하는 젊은 남녀가 부모의 허락 없이 만나서 부부가 될 것을 약속하는 것은 가부장적인 사회윤리의 틀 안에서 용납되지 않는 일입니다. 그러므로 채봉이 스스로 자신의 배필을 정했다는 것은 자신을 하나의 독립된 인격체로 생각하는 주체적인 가치관을 지녔다는 뜻으로 읽을 수 있습니다.

게다가 채봉은 아버지를 통해 더욱 적극적인 인물로 발전합니다. 김 진사가 권세 있는 허 판서의 첩으로 자신을 보내겠다고 하자 채봉은 주저 없이 "차라리 닭의 입이 될지언정 소의 뒤 되기는 바라는 바가 아닙니다."라고 거부의 뜻을 밝힙니다. 여기서 딸은 부모의 말에 무조건 복종해야 한다는 보수적인 윤리에 대한 반발을 엿볼 수 있습니다. 더욱이 그것이 조선 후기 세도 정권의 부패에서 비롯된 것이기에 그 의미는 더욱 큽니다. 채봉의 반발은 개인의 자유나 행복을 무시하는 가부장적 권위에 대한 도전이며 더 나아가 무너져 내리는 봉건 윤리를 떠받치고 있는 낡고 부패한 이념에 대한 저항입니다.

채봉의 첫 번째 저항은 서울로 가는 도중에 도망하는 것으로 나타납니다. 부모의 말씀을 따라 재상가의 첩으로 들어가는 것이 효를 실천하는 길이고 그것이 자식의 도리라는 것은 이미 낡아빠진 봉건 윤리일 뿐입니다.

채봉의 두 번째 저항은 기생이 되는 것입니다. 허 판서 집 옥에 갇힌 아버지를 구하고 자신의 뜻을 실천하기 위해서는 그 방법밖에 없었습니다. 채봉은 자신을 찾아온 어머니에게 "저는 기생이 될지언정 재상의 첩은 싫어요."라고 말합니다. 기생이 되겠다는 것은 돈 오천 냥을 마련하지 못해 허 판서의 옥에 갇힌 아버지를 빼내기 위한 편법이면서 동시에 재상의 첩이 되는 것을 피할 수 있는 유일한 방법입니다.

여기서 우리는 상황의 변화에 따라 적극적으로 대처해 나가는 슬기로운 여인 채봉을 만납니다. 마음에 드는 남자를 만나 스스로 사랑을 선택하고 재상가의 첩이 되기를 거부하고 도망쳐 기생이 되며, 기생이 되어 사랑하는 남자를 찾은 뒤 그에게 자신의 절박한 처지를 이해시킨 것은 용기 있고도 적극적인 행동이지요. 흔히 기생이 주인공으로 등장하는 다른 소설에서 상대방 남자가 자기를 구원해 줄 때를 기다리는 것과는 하늘과 땅 차이입니다. 채봉은 수동적인 여성이 아니라 자신의 운명을 개척해 나가는 진취적인 여성인 것입니다. 여기서 중요한 사실은 채봉이 사랑과 행복을 남자 덕으로 이루는 것이 아니라, 스스로 어려운 상황들과 힘들여 싸워 온 결과로 얻었다는 것입니다.

채봉의 짝인 장필성은 몰락한 양반가의 가난한 선비입니다. 첫눈에 채봉을 보고 반해 부부가 되기를 간청하고 채봉으로부터 혼인의 승낙을 받아 냅니다. 두 집안 사이에 중매쟁이가 오가고 약혼이 이루어집니다.

장필성은 김 진사가 서울에서 내려오기만을 기다립니다. 그런데 그 집 식구들이 서울로 올라갔다는 말을 듣고는 세상의 인심을 한탄하며 채봉과의 혼인을 단념합니다. 그러다가 기생이 된 채봉을 만나 채봉의 사연을 자세히 듣고는 정식 부인으로 맞겠다고 약속합니다. 장필성이 부모의 동의 없이 이러한 결단을 내린 것은 그만큼 낡은 봉건 윤리보다는 사랑과 믿음을 소중히 여겼기 때문입니다.

그래서 채봉이 기생을 면하고 평양 감사의 서기(書記)로 일하고 있다는 소식을 듣자 거리낌 없이 이방을 자처해 사랑하는 여자를 만나려는 적극성을 보입니다. 이방은 대개 중인 계층이 하는 일입니다. 비록 몰락했다 하더라도 양반이 이방을 한다는 것은 힘든 일입니다. 그런데 장필성은 채봉을 만나기 위해 이방을 자원합니다.

장필성이 과거를 통해 벼슬을 하지 않는다는 것도 흥미롭습니다. 당시에는 벼슬을 사고파는 것이 공공연하게 이루어져 사실상 과거는 별 의미가 없었습니다. 즉 과거를 통해 벼슬길로 나간다는 것은 꿈같은 일이었습니다. 장필성은 끝내 과거를 보지 않습니다. 채봉과 결혼할 당시에도 평양부의 이방에 불과합니다. 당시의 타락한 정치 질서 속에서 행정직인 이방에 종사하면서 자신의 지식을 활용한다는 것은 분명 새로운 모습임에 틀림없습니다. 요즘으로 치면, 전문적인 행정 공무원의 길로 나간 셈입니다. 채봉과 장필성은 봉건 체제가 모순을 드러내고 근대사회로 발전해 가는 과정에서 나타난 새로운 시대적 윤리, 즉 개성의 존중과 주체적인 삶의 방식을 잘 보여 주고 있습니다.

● 사랑은 쟁취하는 거야!

이 작품은 채봉과 장필성의 사랑을 다룬 이야기입니다. 사랑은 문학의 가장 보편적인 주제이지만 그것이 어떻게 표현되는가에 따라 작품의 차이는 엄청납니다. 특히 봉건 시대를 배경으로 하고 있는 고소설에서는 사랑이 갖는 의미가 무엇보다도 중요합니다. 엄격한 신분 질서와 유교 이념은 개인의 사회적인 역할을 중요시하고 개성을 억압했기 때문에, 남녀의 자유로운 사랑은 곧 '개성의 존중'을 의미합니다.

달빛 가득한 뜰에서 만난 채봉과 장필성은 첫 만남에서 부부가 될 것을 약속합니다. 요즘 같으면 나무랄 일도 아니지만 부모의 결정에 따라 얼굴도 모르는 상대와 결혼하던 조선 시대에 남녀가 서로 사랑을 나누고 결혼까지 약속했다는 것은 대단한 사건입니다.

그런데 채봉과 장필성의 사랑에 방해자가 나타납니다. 다름 아닌 채봉의 아버지 김 진사입니다. 세도가인 허 판서에게 벼슬을 사고 딸까지 첩으로 바쳐 자신의 지위를 높이고자 했기에 문제는 심각해집니다. 채봉의 사랑을 방해하고 억압하는 것은 가부장적 권위뿐만 아니라, 극도로 타락한 세도 정권이 자신의 권력을 이용해 욕심을 채우려는 횡포이기 때문입니다. 채봉은 가부장적 권위와 동시에 세도 정권의 횡포와 맞서 싸우는 셈입니다. 이런 상황에서 사랑을 이루어 낸다는 것은 참으로 큰 의미를 지닙니다.

우리가 '통속 애정 소설'이라고 부르는 소설에서는 대개 주인공이 갈등을 겪다가 사랑보다는 돈이나 권력 쪽을 택합니다. 통속 애정 소설의 시작이라고 하는 《장한몽》에서 여주인공 심순애는 가난한 이수일을 버리고 다이아몬드 반지로 유혹하는 돈 많은 김중배를 택합니다. 이런 작품들은 사랑의 진정한 의미를 부각하기보다는 독자들의 흥미를 끌기 위해 많은 방해자를 등장시켜 주인공이 갈등을 겪게 만듭니다.

그러나 《채봉감별곡》에서는 부모와 헤어질 것을 결심하면서까지 사랑을 적극적으로 추구해 나가는 여주인공의 모습을 보여 줍니다. 부모가 요구하는 것이 올바른 길이 아니기 때문입니다. 그래서 채봉은 서울로 가는 길에 도망을 치고, 기생으로까지 전락합니다. 부모가 요구한 대로 세도가의 첩이 되면 호강하고 권세를 누리며 살 수 있습니다. 그런데 왜 이를 거부할까요? 이유는 간단합니다. 첩이 된다는 것은 동등한 자격으로 사랑을 나누는 삶의 동반자가 되는 것이 아니라 한낱 노리갯감에 불과한 존재가 되는 것이기 때문입니다. 그렇기 때문에 채봉은 부모님을 거역하고 자신의 신분을 버리고서라도, 돈과 권력이 아닌 자신의 사랑을 선택합니다. 여기에 이 작품의 가치가 있습니다.

채봉의 사랑을 방해하는 것은 김 진사나 허 판서의 욕심만이 아닙니다. 채봉이 여염집 규수가 아니라 기생으로 전락했다는 신분상의 문제도 채봉을 괴롭힙니다. 어렵게 다시 만난 장필성조차, 전에는 규수라 함부로 말을 못했지만 이제는 기생으로 대접할 수밖에 없다고 말할 정도로 이는 큰 문제입니다. 자신은 사랑을 지키기 위해 스스로 기생이 되는 길을 선택한 것인데, 막상 사랑하는 사람에게 그런 말을 들으니 그 얼마나 막막한 심정이었겠습니까?

동등한 인격체로서 사랑하는 이를 만나 행복한 가정을 이루는 것이 채봉의 소망입니다. 채봉은 남녀를 구별하고, 여자를 남자에게 종속된 존재로 보는 가치관에 순응하지 않습니다. 결국 두 사람은 서로의 진심을 확인하고 장필성은 채봉이 기생의 신분이지만 정식 부인으로 맞이하겠다고 약속합니다.

채봉과 장필성이 이루어 나가는 사랑의 의미는 단순한 남녀의 애정 문제가 아니라 개성의 존중, 더 나아가서는 그릇된 가부장 제도나 부패한 세도 정권과의 싸움으로 해석할 수 있습니다. 그만큼 이들이 추구하는 사랑은 값진 것입니다. 이들 두 남녀의 사랑이 승리로 끝난다는 것은 무엇을 의미할까요? 인간의 진실한 사랑을 무시하는 가부장적 권위나 부패한 세도 정권은 역사의 발전에 밀려 그 힘을 잃고, 진취적이고 새로운 삶의 방식이 역사를 주도한다는 의미가 아닐까요? 사랑은 어떤 벽도 넘을 수 있다고 하니까요.

함께 읽기

채봉처럼 자신의 사랑을 이루려면?

- 《채봉감별곡》은 채봉이 자신의 사랑을 이루는 과정을 그렸을 뿐만 아니라 시대 상황을 반영한 소설이기도 합니다. 김 진사가 채봉을 허 판서의 첩으로 보내려는 까닭을 김 진사나 이 부인이 했던 말에서 찾아봅시다. 이 사건을 통해 이 소설이 비판하고 있는 사회 문제는 무엇인지도 함께 이야기해 봅시다.

- 이야기에 등장하는 〈추풍감별곡〉이라는 긴 시의 역할이 무엇이며 이 시가 사건의 전개에 미치는 영향은 무엇인지 이야기해 봅시다. 소설을 읽는 독자에게 주는 효과도 생각해 봅시다.

- 채봉은 자신의 사랑을 지키기 위해 부모님의 명을 어겼을 뿐만 아니라, 부모님을 속이고 도망쳐서 숨기까지 했습니다. 그리고 스스로 기생의 길을 택했습니다. 여성의 정절을 중요하게 여긴 시대에 기생이 되겠다는 결심은 쉽지 않았을 것입니다. 여러분은 살아오면서 자신의 뜻이나 신념을 지키기 위해 다른 사람과 대립했던 적이 있습니까? 그 사건을 통해 배운 점은 무엇이었는지 이야기해 봅시다.

- 《채봉감별곡》처럼 사랑하는 남녀가 주위의 방해로 헤어질 뻔하다가 결국에는 결혼에 골인하는 이야기를 '혼사 장애담'이라고 합니다. 우리가 잘 알고 있는 또 다른 '혼사 장애담'으로 《춘향전》이 있습니다. 두 작품의 주인공, 조력자, 방해자 등을 찾아 각각 비교해 봅시다.

- 채봉이 도망가서 기생이 되지 않고 부모의 말에 순종해 허 판서의 첩이 되었다면 이야기가 어떻게 전개되었을까요? 《채봉감별곡》의 기본 줄거리를 바탕으로 허 판서의 첩이 된 이후의 이야기를 만들어 봅시다.

- 채봉이와 장필성이 했던 것처럼 좋아하는 사람에게 자신의 마음을 고백하는 내용의 시를 써 봅시다.

참고 문헌

강명관, 《조선 사람들, 혜원의 그림 밖으로 걸어나오다》, 푸른역사, 2001.

국립중앙박물관, 《조선시대 풍속화》, 국립중앙박물관, 2002.

역사신문편찬위원회, 《역사신문 4 – 조선 후기》, 사계절출판사, 1996.

유홍준, 《나의 북한 문화유산답사기 (상)》, 랜덤하우스코리아, 1998.

이능화, 《조선해어화사》, 동문선, 1992.

정성희, 《조선의 성풍속》, 가람기획, 1998.

한국생활사박물관 편찬위원회, 《한국생활사박물관 10》, 사계절출판사, 2004.

한옥공간연구회, 《한옥의 공간문화》, 교문사, 2004.

도움 주신 분들

고화정(영등포여자고등학교)

왕지윤(경인여자고등학교)

조현종(태릉고등학교)

국어시간에 고전읽기 5

채봉감별곡, 달빛 아래 맺은 약속 변치 않아라

1판 1쇄 발행일 2005년 4월 25일
개정판 1쇄 발행일 2013년 7월 8일
개정판 6쇄 발행일 2024년 5월 13일

기획 전국국어교사모임
지은이 권순긍
그린이 이윤희

발행인 김학원
발행처 (주)휴머니스트출판그룹
출판등록 제313-2007-000007호(2007년 1월 5일)
주소 (03991) 서울시 마포구 동교로23길 76(연남동)
전화 02-335-4422 **팩스** 02-334-3427
저자·독자 서비스 humanist@humanistbooks.com
홈페이지 www.humanistbooks.com
유튜브 youtube.com/user/humanistma **포스트** post.naver.com/hmcv
페이스북 facebook.com/hmcv2001 **인스타그램** @humanist_insta

편집책임 문성환 **편집** 윤무재 **디자인** 김태형 유주현 림어소시에이션
스캔·출력 이희수 com. **용지** 화인페이퍼 **인쇄** 청아디앤피 **제본** 민성사
사진 및 그림 제공 국립중앙박물관[중박 201306-3063]

ISBN 978-89-5862-608-4 44810